書下ろし

悪女のライセンス

警視庁音楽隊・堀川美奈

沢里裕二

祥伝社文庫

目次

第一章　十六ビートの過《あやま》ち

1

『ハゲとデブに悪い奴はいない』

小説家の叔父《おじ》の口癖だった。

警視庁音楽隊の堀川美奈《ほりかわみな》はその言葉を思い出しながら『ムーンライト・セレナーデ』のリズムを懸命にキープしていた。四ビートは美奈には難しい。ついついもっと間を詰めて叩きたくなってしまう。

すこし湿った風が、美奈の額に当たる。ふわっと黒の前髪が上がった。スティックを握る手がわずかに揺れる。額を出すのが苦手なのだ。自分の面長な顔が大嫌いだ。目鼻立ちははっきりしているが全体にロングフェースなのだ。前髪を垂らして、少しでも小顔に見せようと苦労しているのにいやになってしまう。

ところでいきなり叔父の言葉を思い出したのには訳がある。

演奏中の円形ステージのドラムセットのすぐ下に、つるっ禿《ぱげ》の男がいるのだ。それもクラッシュシンバルのあたりだ。

いつもなら、ドラムスはステージのほぼ中央の奥に設置されている。ところが今日に限ってステージ下手《しもて》の手前に置かれていた。

ドラムス初演奏の美奈が、指揮者を見えやすくするための措置だった。

にしても、このつるっ禿……。ジャンと叩《たた》くたびに、頭頂部を叩いている気分になる。

そしてもしもシンバルスタンドを倒してしまったらと、気が気ではない。

挙句《あげく》の果てに、このハゲが眩《まぶ》しい。

そうでなくとも夏日のような代々木《よよぎ》公園だ。

特設ステージから太陽がふたつ見える感じだった。

今日は交通安全啓蒙《けいもう》キャンペーンの一環として開催されている演奏会であった。

音楽隊の演奏が始まる前までの約十五分、渋谷《しぶや》署交通課の女性警察官三人によるフリップ芸のような交通ルールの説明や勘違いされがちな標識——例えば時間指定のある右折禁止標識などの説明がなされていた。

無事故無違反の優良ドライバーでも、道路交通法の改正などは知らない人が多い。免許更新時の講習だけでは、その間に改正された新ルールは知らないことが多い。

それを周知徹底させるため全国各地の交通課が啓蒙イベントに取り組んでいる。そのイベントの目玉になるのが音楽隊だ。

警視庁管内においても、所轄《しょかつ》単位で音楽隊に要請があるため、興行界で言うところのダブルブッキング、トリプルブッキングが生じる。

こうした場合も、音楽隊は二隊、三隊に分かれようとも可能な限り出動する。警視庁と都民の懸け橋になることが、音楽隊の最大の任務だからだ。

当然、専門外の楽器を演奏することもありうる。

しかし、ドラムスは無茶ぶりだろう。

美奈の専門はアルトサックスだ。もちろん持ち替え楽器としてクラリネット、オーボエは常に練習している。たまにはリードのないフルートを吹くこともあるが、いずれもサックスと同じ木管楽器だ。

管楽器を吹いていると、唇をすぼめるので、さらに顔が長く見える。だからと言ってトランペットに手を出すと、顔がフグのようになる。まったく因果な商売だ。

打楽器はまったくの専門外で、練習はしたことはあるが、人前でなど叩いたことがない。

ところが本日は、打楽器系の専門奏者が五人も新型コロナウイルスの濃厚接触者と判断された自宅待機となった。

そのうえ都内で開催される演奏会は、学校行事も含めて三か所だった。

ちなみに警視庁音楽隊は、学校法人や地域振興行事からの演奏会要請にも応じている。無料なので引く手あまただ。

そんなこんなで年間で平均百十回ほど公演を行っているのが実情だ。ほぼ三日に一度はどこかで演奏している勘定である。慢性的な人手不足だ。

だがネットで『バンドマン募集』とやるわけにもいかない。

まずは警察官採用試験に受からなければならない。

美奈も西武《せいぶ》線の『玉川上水駅《たまがわじょうすい》』にある国立大学と間違えられやすい私立の音楽大学を卒業後、警視庁の警察官採用試験Ⅱ類に合格し、警察学校での六か月の訓練を終えたのち、音楽隊に任官となった。

とはいえ、アルトサックス奏者がドラムスを演奏《や》るのは、異種格闘技に臨《のぞ》むようなものだ。

メロディ楽器ではないので譜面が読めれば、どうにかなるだろうというのは、素人《しろうと》の見方だ。

美奈には観客に聴かせるほどの習熟度《スキル》はないのだ。

すでに五曲目に入っているが、スイングジャズの四ビートをキープするのが精いっぱいで、フィルインと呼ばれる装飾は、ほとんど出来ていない。

代わりにギタリストやベーシストがアドリブを入れて味付けをしてくれている始末だ。

なにしろ緊張のあまり、いまにも手が滑りそうなのだ。

そんなおり、シンバルスタンドのほぼ真下にやってきたのがつるっ禿男だ。

最初からこの位置にいたわけではない。演奏開始時にはずっと後方にいたはずの禿頭の男が、徐々に前へと割り込んで、とうとう最前列まで進み出てきたのだ。

五十歳前後か。細身だ。アロハの開き気味の胸襟から、わずかに刺青《いれずみ》が見えている。身体《からだ》全体から剣呑《けんのん》な空気が立ち上っており、気になってしょうがない。どうしても視線がそこにいく。

見ると眩しさが増し、もしもあの頭に、シンバルが倒れたら、と思うと余計に身体全体が萎縮《いしゆく》してしまう。

曲の終盤で　手元が狂いそうになった。

美奈は慌てて指揮者に視線を戻し、リズムが狂っていないかどうか確認した。

指揮者は隊長の早瀬郁夫《はやせいくお》だ。細身で背が高い。美奈の視線を認めて、片眉《かたまゆ》を吊り上げた。半拍ほどずれた実感は美奈にもあった。

なんとか持ち直し、どうにかエンディングをクラッシュシンバルのジャーンで締めた。

ホッとする間はない。

次のナンバーはいよいよベニー・グッドマンの『シング・シング・シング』だ。まさにドラムスが見せ場にとるナンバーだ。

早瀬が一瞥《いちべつ》をくれた。双眸《そうぼう》が『大丈夫か』と疑っている。

かっちりとした自信などあるわけがない。

ドラムを言い渡されたのは一昨日の午後だ。それから、警視庁十七階の大合奏室にこもり、十時間以上も自主練習していたが、付け焼刃でどうにかなるものではない。

2―3のシンコペーション。

これを本来はフロアタム、バスドラム、ハイハットを一斉に叩く。しかもスイング感を出さないといけない。

単純なリズムだからこそ、そのままやるのは難しい。

ということで指揮者の早瀬と話し合い、今日に限っては、オリジナルに変えて十六ビートで、自由に叩くことになっている。

早叩きのほうがボロが出ずにすむということからだ。四ビートのスイングジャズでも、八ビートのロックンロールでも、最近は、十六ビートにリアレンジしてプレイすることが多い。

現在、街に流れる音楽の大半が十六ビートだからだ。二十一世紀を生きる人にとって生活そのもののリズムも十六ビートになったように思う。

十六ビートのフリーソロならどうにかなりそうだった。

美奈は早瀬に頷《うなず》いた。

指揮棒が上がる。

と真下のつるっ禿の男が、すっと横を向いた。

いつの間にか太った女が横に立っている。右手に百貨店の紙袋を提《さ》げていた。ブルーのワンピースにイエローのサマーカーディガン。チューリップ型の帽子を被った一見《いっけん》地味な主婦だ。

もっとも、そうした層の観客がこの手の演奏会には多い。

暴力の匂いがするつるっ禿のような客のほうが珍しい。そもそも反社会系の人間は、警察が主催するイベントになど近づきたがらないのではないか。

そんなことを考えていたら、すっと指揮棒が下がった。

おっとと。

余計なことを考えている暇《ひま》はない。自分は刑事課や生活安全課の捜査員ではない。広報課に属する音楽隊だ。

美奈はスネアドラムとハイハットでリズムを刻むことから入った。まずはきちんとリズムを保つ。

他のメンバーが楽器を持ったままそのリズムに合わせて、身体《からだ》を左右に揺する。ややコメディ気味にショーアップするのも音楽隊の得意なパフォーマンスだ。

観客も手拍子し身体でリズムを取り出した。

バスドラムを足す。ペダルを踏むときに踵《かかと》を付けて踏まないのが、スイングのコツだと自宅待機中の専任のドラマーからメールで知らせがあった。踵を付けて踏むとハードロックのドラムになってしまうのだそうだ。だがこいつがなかなか難しい。思うように右足の位置がしっかり固定されないのだ。百戦錬磨の専任ドラマーは太腿《ふともも》の上がる位置から、つま先の感触まで、しっかり身体が覚えているに違いない。

だが初心者はそうはいかない。どうしても少し前に踏み出す感じになってしまう。同時にバスドラムも前にせり出していくのだ。

ストッパーの意味でシーツは敷いているものの、五曲の間にだいぶ前に出ていた。美奈の蹴りが前のめりすぎるからだろう。

美奈は椅子を前に持っていくことで調整していた。そのぶんシンバル類がだいぶ手前な感じになる。いろいろと気になったが、この曲が終わったところで、指揮者のＭＣになる。

警視庁音楽隊の歴史や各国の警察音楽隊について蘊蓄《うんちく》を語る時間だ。その間に調整すればいいと思った。

結構長いドラムソロだ。時間にして二十秒。

十六ビートのほうが、やはり性にあっていた。美奈は自然にリズムに乗りだした。

最後にクラッシュシンバルを思い切り叩くと、管楽器隊が一斉に起立し、メロディを奏でるというケレン味たっぷりの演出だ。

その切り替えに入る前にフロアタムでロールした。

客席の太った女の周囲に人相の悪い男たちが集まっているのが目の端に入った。いずれも首筋にタトゥが見える。禿げ頭のおっさんを押しのけていた。

背の高い金髪にサングラスの男が、太った女に何か話しかけているようだ。

女が頷き、紙袋を渡す。代わりに金髪の男がセカンドバッグを差し出した。男たちと太った女は、それぞれ逆の方向へと歩き始めた。

ちょうどメロディ・インのタイミングだった。

美奈は左手を大きく上げた。ドラマーから見て右手、バスドラムの奥にあるクラッシュシンバルを叩こうと腕を振り下ろす。

その時だ。

いきなりつるっ禿の男が、ホイッスルを咥《くわ》え、猛烈に吹いた。

美奈は、ずっこけた。

指先からスティックが抜け、回転しながら、客席へと飛んでいく。

立ち上がろうとした管楽器のメンバーは半分だけ腰をうかしたまま、呆気《あっけ》にとられている。指揮者である隊長は、あんぐりと口を開けていた。実を言うと隊長は警視庁の警察官でも職員でもない。外部から招聘《しょうへい》した音楽の専門家である。

宙を舞ったスティックが、紙袋を抱えた金髪男の後頭部にヒットした。漫画のような現実だった。

「潰《つぶ》せ、そこの五人全員を潰せ」

つるっ禿が叫ぶと、スーツや作業服、あるいはハーフパンツにポロシャツといった様々な風体《ふうてい》の男たち二十人ほどが、他の観客を押し分けて入ってきて、五人の男たちに飛びかかる。ラグビーのボールを持った選手に相手チームが次々にタックルをしていく光景に近い。

太った女が、猛然と駆け出した。

ホイッスルを咥えたおっさんが美奈を向いた。

「あの女にもやってくれ。ヤクの元売りのパシリだ」

スティックを放れとばかりに、手首をスナップさせるゼスチャーをして見せる。

「はい？」

「投げるんだ！」

これは麻薬犯逮捕の演習も兼ねているのか？

「あっ、はいっ」

美奈は、女の背中に向けてスティックを投擲《とうてき》した。

力み過ぎてかなり下方に向いた。それが幸いしたのか、スティックは女の両足の間に、挟まった。女は転げた。公園の芝生《しばふ》の上に腹ばいになっている。

「音楽隊は演奏を！　そうしたらイベントとしての演習に見える」

ハゲが早瀬に向かって再び吠《ほ》えた。

つまり、これは演習ではないということだ。

早瀬が慌てて指揮棒を振った。管楽器隊が、一斉に『シング・シング・シング』のメロディを奏でる。美奈も急いで丸椅子の脇に置いてある予備のスティックを取り、リズムを刻んだ。

たしかに音楽が入ると、逮捕現場の生々しさが薄まるというか、なんだか滑稽《こっけい》劇のようにも見える。

今度は観客が呆気にとられる番だった。

ステージのサイドで警備にあたっていた制服姿の女性警察官三人が、逃げようとする太った女を取り囲んだ。そのうちひとりが女の腰に抱きついた。

女同士ではあるが、なんだか交尾しているような格好だ。

「大丈夫ですか」

女性警察官の口から出た言葉は、気遣うような口調だ。そう言いながらも、女の身体をまさぐっている。そういう捜査方法らしい。

「なにすんのよ。スケベ、私の身体に触るな」

女が暴れた。

「はいはい、ゆっくり起きてください」

それでも女性警察官は、めげずに女の身体を抱き起こしている。そしてさりげなくワンピースの胸元に手を入れたのだ。

「あれ？　これなんですか？」

透明のピロー袋を取り出している。素人目にも覚醒剤だとわかる。別な女性警察官が直《ただ》ちに検査キットを取り出している。

「うるさいわね。風邪《かぜ》薬よ。返して」

太った女が、抱き起こそうとしていた女性警察官に肘《ひじ》打ちを見舞った。女性警察官は、大げさに倒れた。

「はい、公務執行妨害《コウボウ》ね。六月十九日十五時三十二分。現行犯逮捕！」

腕時計を見ながら、女性警察官は手錠をとり出した。別な女性警察官が、セカンドバッグを検《あらた》めている。札束が入っているようだ。

一方、太った女から紙袋を受け取った五人の男たちも、一網打尽《いちもうだじん》になっていた。観客の中に紛《まぎ》れ込んでいた刑事たちは総勢で三十人はいたようだ。

血みどろになった男たち全員に手錠をかけ、連行していく。

「すまなかったな。薬物捜査一係の奈良林《ならばやし》だ。音楽隊の協力に感謝する。そのまま演奏を続けてくれ。俺たちは、演習のふりをしてそのまま引き上げる。それにしてもあんたのスティック投げは見事だった」

刑事というよりも極道《ごくどう》にしか見えないつるっ禿に刺青の男が、片手をあげて、バスドラムを押し返してくれた。ついでにクラッシュシンバルのスタンドの位置も直してくれる。

美奈は会釈で応え、エンディングに向かってリズムをキープし続けた。

「曲を変えるぞ。『道化師《どうけし》のギャロップ』だ」

早瀬が早口に言った。小中学校の運動会の定番ナンバーだ。譜面はないが、これならソラでも叩ける。

しかもナイスな選曲だ。

連行される容疑者たちはいずれもふてぶてしい態度で、周囲に罵詈雑言《ばりぞうごん》を浴びせながら、警察車両へと向かっていたが、この曲を奏でているせいで、すべてが演劇的に見えた。

どのみち夕方のニュースではこの事件が報道されることになるが、いま目の前にいる観客たちは、これも警察イベントの寸劇だと受け取っていることだろう。

恐怖感を抱かず、笑顔で容疑者を見送り、すぐに視線をステージに戻してくれている。

これぞ音楽の力だ。

美奈は、ギャロップのリズムを刻みながら、ようやく肩の力が抜けた。

高校時代からサックス奏者を目指してきたが、警視庁音楽隊に就職したのは、安定と好きなことを両立させたいという実に不純な動機からだった。

音大の同期の仲間たちは、その大半がプレイヤーとして生活していくことがままならず、何らかの形で兼職している。

音楽教師になり吹奏楽部の顧問になれた者もまだほとんどいない。

そんな中、狭き門とはいえ公務員としてサックス奏者になった美奈は恵まれすぎていて、どこかうしろめたささえ感じていたのだ。

けれどもたったいま、警視庁警察官として音楽を生業《なりわい》にしていることにある種の誇りと恍惚感《こうこつかん》を得た。

そのまま残り四曲を演奏して、その日の公演を終えた。

2

「堀川、そんな寂しげな曲を吹くなよ。俺、ずっと部屋に閉じこめられていて、鬱《うつ》になりかけていたんだからさ」

新型コロナウイルスの濃厚接触者として、五日間の自宅待機を終えて復帰したばかりの川本裕次郎《かわもとゆうじろう》が、ぼやいた。四十二歳のベテランドラマーだ。鼻の下の八の字型の立派な髭《ひげ》を撫《な》でている。元は交通機動隊の白バイ隊員だそうで筋骨隆々《きんこつりゅうりゅう》としている。

桜田門《さくらだもん》の警視庁十七階の大合奏室。

美奈はひとりで『レフト・アローン』を吹いていた。

ジャズ・サックスの定番中の定番だが、警視庁の音楽隊には似合わない曲で、セットリストに並ぶことはまずない。

「あっ、すみませんっ。たまには、こういうのも吹いておかないと、舌先の感覚が決まってしまうようで」

弁解がましくサテン地の黒シャツの袖で額の汗をぬぐいながら答えた。

練習日は私服でよいことになっている。とはいえ警察官だ。派手な色合いのものは着ない。長い脚とちょっと大きめなヒップはワイドパンツに包み、上も黒のメンズ・シャツにしている。身長一六八センチ。スタイルには自信があったが、それはむしろ警察官としてはマイナスで、隠すためにいつもダボダボしたものを着ている。

音楽隊員はたいがい制服で演奏するが、女性警察官の制服は幾分太って見える。そのほうが良いのだ。式典以外に女性警察官がスカート制服を着なくなったのは、セクシーでは、市民に親しみやすさを与えないからだ。

全身黒ずくめの女が『レフト・アローン』ではたしかに鬱陶《うっとう》しい。

「まぁ、わからんでもないさ。うちらは基本的に聴く人たちを勇気づけ、鼓舞《こぶ》するために演奏するわけだから、どうしても陽気なナンバーばかりになる。短調の日本の童謡なんかもやるけど、それでもアレンジは行進曲風に勇ましいものにしてしまったりするからな」

川本も人差し指で髭を撫でながら同意する。

「でも、川本さんのマーチングドラムに圧倒されますね。スローのナンバーでも軽快さを失わないのも凄いです。鼓隊《こたい》の指導に当たっていたのを拝見して、感動しました」

鼓隊とは、音楽隊と共に広報活動を務めるドラム隊のことだ。警視庁の場合、全員が女性で、警察官と職員によって構成されている。パレードに欠かせない存在だ。

音楽隊には、もうひとつカラーガードを担うＭＥＣ《メック》という部隊がある。正式には『メトロポリタン・カラー・ガード』。フラッグ演技やハンドベル演奏などを担い、音楽隊や鼓隊に花を添える存在だ。

音楽隊が専務隊員によって構成されているのに対して鼓隊とＭＥＣは、日常は警察官や行政職員としての任務につきながらの兼務隊員である。

「まあね。兼務の隊員とは違って、俺たちは音楽だけで給料を貰《もら》っている。しかも元になっているのは税金だ。少しでも技術を向上させ、それを後輩に伝授するのは義務だよ。先週は代わりに叩いてくれてありがとうな。大変だったろう。俺も自主トレしておかないとな。延べ一週間もドラムに触っていないから、腕が錆《さ》びそうだ」

川本が肩を回しながら、ドラムセットに向かって行く。その姿は、捜査に臨む刑事の背中と変わらなかった。

そう、自分たちは、公務員として音楽をやっているのだ。美奈は思わず背筋を伸ばした。もっともそれが自分が警視庁音楽隊を目指した、ちょっと不純な動機だった。

大学を卒業して、バンドマンとして安定した暮らしを目指すのは、きわめて難しいことだ。サックス奏者としての就職先など、そうそうあるものではない。

美奈の父、堀川山夫《やまお》は、楽器メーカーの電子楽器開発技術者で、母の葉子《ようこ》は私立中学の音楽教師だ。おかげで家には音楽が溢《あふ》れていた。

だが母と同じ音大に進んだものの、音楽に関する就職先となると、そうそうなかった。

そもそも交響楽団にしろビッグバンドにしろ、例年募集しているものではない。

母に倣《なら》い、教職資格も取得したものの、それも狭き門だった。

父の勤める楽器メーカーの主催する音楽教室もピアノやバイオリンの教師は、多数契約していたが、サックスとなると需要はあまりなかった。

そんな時に知ったのが警察、消防をはじめとする公務員音楽隊だった。公務員として音楽をやれるほど安定した道はない。しかも警視庁や大阪府警のような専務隊ならば、音楽だけに集中できるのだ。

もちろんその道のりは険しい。努力と運がなければ音楽隊員の職に就くことは難しいからだ。

美奈は警視庁の採用試験を受けた。一般大学ではないので、短大程度とされるⅡ類で受験し、合格した。

だが、ここからが大変だった。

まずは警察学校での訓練だ。警察官としての教養を身につけるのも大変だったが、何よりもランニング、柔道、剣道などの訓練がきつかった。

そもそも音楽大学では、楽器演奏に差し障りがないように体育授業は安全を優先させる傾向にある。例えば突き指防止のためにバレーボールなどは避けている。格闘技などもってのほかなのだ。

ところが、これは当然といえば当然なのだが警察学校では、基礎体力の増強、市民を暴漢から護るための武道訓練は必須となる。

卒業までの六か月間は地獄の日々であった。一日が終わるとサックスを吹く体力など、一インチも残っていなかった。

そして晴れて警察官になれたとしても、すぐに音楽隊に行けるわけではない。空きがないと異動は出来ないのだ。

世田谷《せたがや》署の地域課に配属になった。住宅街の交番勤務だ。通称ハコヅメと呼ばれる交番勤務は、キャリア、ノンキャリアにかかわらず、卒配後に必ず通らねばならない道だ。

美奈はそれでも明け番の日など、こまめに音楽隊の合奏練習を見学に行き、顔を売った。時々は自前のサックスを持参し、指導してもらったりした。

警視庁音楽隊は専務隊であるが、時によっては兼務隊員を求めることもあるのだ。公演日数が増えた場合などだ。

美奈にもそうしたチャンスが回ってきて、何度かステージで腕を試されることが重なった。地域課から音楽隊に異動になったのは、二年後のことだ。空きが出たのだ。とてつもない幸運だった。

それから三年、美奈は公務員俸給を貰いながらサックスを吹いている。ようやく慣れてきたところだ。

ただ、好きなモードジャズがあまり出来ないことは不満だった。時にはジョン・コルトレーンのように自由自在に即興演奏をしたくなる。もちろんわがままなのは知っている。

「なにかセッションしませんか?」

美奈がせがんだ。

「なら『デル・サッサー』なんてどうだ。正規公演ではめったに吹かないだろう」

「あっ、いいですね」

もともとはベーシストが作曲した作品だが、一九六〇年、キャノンボール・アダレイが録音したことで、多くのアルトサックス奏者がやるようになったナンバーだ。

「好きなように吹けよ。俺がバッキングしてやる」

「ありがとうございます」

美奈は主メロを少しだけ吹くと、すぐにアドリブに入った。天から降って来たメロディを思いのままに吹いた。

川本が見事にバッキングしている。コードを無視した美奈の旋律に、さまざまなリズムでサポートしてくる。

気分爽快だ。

他に誰もいないことをいいことに、十五分ぐらい延々とアドリブを続けた。

とうとう、新しい音が見当たらなくなったところで、大合奏室の扉が開いた。入ってきたのは隊長ではなく、広報課長の斎藤信正《さいとうのぶまさ》だった。音楽隊を管轄する課のトップだが、合奏室に顔を出すことなど着任のあいさつ以来ではないか。小脇に空色のファイルケースを抱えている。

美奈と川本は慌てて演奏を止めた。

「堀川美奈巡査、ちょっと時間をいただけませんか」

端整なマスクに掛けた銀縁眼鏡のブリッジを押し上げながら言っている。いかにもキャリアらしい、距離を置いた丁寧《ていねい》語だった。

階級で呼ばれるのも久しぶりだ。

「はいっ」

美奈は、アルトサックスをスタンドにかけ、すぐさま気を付けの姿勢をとり敬礼をした。

「自分は退出いたします」

川本もドラムセットの前へ進み出て敬礼をする。斎藤は頷いた。

ふたりきりになったところで、斎藤がおもむろにファイルケースを開けた。小学校の運動会の表彰状のような紙を取り出した。

「辞令が出た」

斎藤は窓を背にしていた。黄昏《たそがれ》の空に雲が浮かんでいた。完全防音室のため、内堀《うちぼり》通りや日比谷《ひびや》交差点界隈《かいわい》の喧騒《けんそう》は一切聞こえてこない。

斎藤の声だけが、絵で言うならば、やたらくっきりと浮かんで聞こえた。

「えっ」

さすがに動揺した。専務隊であるはずの音楽隊員が、そうそう簡単に異動になるはずはないのだ。

「私も驚いている。読み上げるぞ」

斎藤が背筋を伸ばした。

「はいっ」

「堀川美奈巡査殿。貴君に組織犯罪対策部暴力団対策課情報収集係との兼務を命じる」

斎藤がバリトンからテノールに音域を変えて読み上げた。

「兼務ですか」

美奈は思考の整理がつかないまま確認した。

「そうだ。警視庁や大阪府警の音楽隊は原則専務隊であるが、あくまで原則だ。県警によっては、すべて兼務で構成されている音楽隊もある」

斎藤は、まさに立て板に水のような調子で伝えてきた。きちんと用意してきた言葉に違いない。

腑《ふ》に落ちないが、警察は階級社会だ。上長《じょうちょう》に口答えなど出来ない。ましてや辞令はもっとも尊重せねばならない命令だ。

「はいっ」

美奈は、気を付けしたまま上半身を十五度折る制式敬礼で応じた。

辞令が渡され、斎藤に直れと命じられた。美奈は辞令を手にしたまま、後ろ手に組んで肩の力を抜く。

「では手交《しゅこう》する」

「私も不思議に思う人事だ。実は組対部《マルボウ》からの強い要望だそうだ。先日の代々木公園イベントでのきみの活躍が目を引いたのだろう。兼務ということだから、一定期間が経過したら専務に戻るのかもしれん。まったく音楽隊から離れるわけではない。だが、まずは新任務に没頭してくれ」

斎藤が会釈して出て行った。

心の中に大きな穴が開いた気分だ。音楽隊と組対部とでは、落差がありすぎる。

美奈は、ふたたびアルトサックスを取り『レフト・アローン』を吹いた。いまの心境にピッタリすぎるナンバーだ。

やけに眩しい黄昏の空が、滲《にじ》んで見えた。美奈は懸命に吹き続けた。

こんな時は、吹いて、吹いて、気持ちを整えるしかない。子供の頃から、怒りや哀しみは、常に楽器を演奏することで乗り越えてきたのだ。今回もこの複雑な気持ちを乗り越えたい。

3

二日後。

入室すると同時に違和感を覚えた。

居る者全員が、一般の社会人に見えないような風体をしているのだ。美奈は呆然《ぼうぜん》となった。午前九時三十分のことだった。

「そうビクつくねぇ。ここも十七階と同じ警視庁なんだからよ。まぁ、こっちこいや」

つるっ禿のマルボウ刑事、奈良林武史《たけし》が、暴対課長席の横にある応接セットにふんぞり返っていた。キャメルカラーのスーツ。白の開襟シャツの襟元から刺青が覗く。顎《あご》にうっすらと生えた鬚が、この男がまだ洗顔もしていないことを示していた。

警視庁十二階の組織犯罪対策部だ。

今年（二〇二二年）の四月一日より、組対部は、かつては一課から五課と呼ばれていた課が再編され、それぞれわかりやすい名称となった。

組織犯罪対策総務課
犯罪収益対策課（マネーロンダリング等）

国際犯罪対策課
暴力団対策課
薬物銃器対策課
五課制であることは変わりないが、旧一～五課の職務分掌《ぶんしょう》が微妙に入れ替えられている。他にも特殊工作機関などもあるらしいが公表はされていないので、知る由もない。

美奈が転属になった情報収集係は、旧四課の流れを汲《く》む暴力団対策課にある。

「あの、奈良林さんは薬捜一係では？」

確か代々木公園ではそう聞いた気がする。

「誰が、あんな場面で本当のことを言うもんかい。薬物・銃器もやったことはあるが、五年前から情報係だ。俺が引いた情報をもとに代々木での捕り物があったたってわけだ」

奈良林は豪快に笑いながら、ジャケットの内ポケットに手を忍ばせ、葉巻ケースを取り出した。何のためらいもなく咥《くわ》え、火をつけ、思い切り吸い込んでいる。

「あの……」

美奈は応接セットの脇の壁に貼られた半紙を指差した。籠《かご》文字で『庁内禁煙』と書かれている。

「おうっ、これか。これは今年の正月に俺が書初めしとったやつだ。正式な配布物じゃない。気にするな」

奈良林はぷかーっと、入道雲のような煙を吐いた。

「いやいや、庁内は全フロア禁煙のはずです」

美奈は首を振った。肺活量を保持するために常に深呼吸をしている身としては、葉巻の煙は最大の敵でもある。

「俺たちはね。極道や半グレとつるんで情報を取っているんだよ。相手はたいてい喫煙者だ。それでツーカーになるには俺たちも吸う。常習喫煙者の俺たちに、部内で吸うなって言うほうが酷《こく》ってもんだ。なぁ、そうだろう、美奈ちゃん、あんたもここに座って一本やってみろよ」

奈良林が葉巻ケースから、さらに一本抜き出して、こちらに向けてくる。

「結構です。まだ音楽隊と兼務ですので、喉を傷《いた》めたくはありません」

きっぱりと答えた。

「いいねぇ。その青臭さ。新鮮だよ。グッド！」

奈良林がおどけて見せた。年齢は五十歳ぐらいだろう。階級は不明だ。

と、そのとき出入り口付近がざわついた。

美奈は振り返った。

背が高く痩身《そうしん》の男が入ってきた。鷲鼻《わしばな》に縁なし眼鏡。その眼は実に神経質そうだ。ブリティッシュブルーに白のストライプが入ったスーツ。それに手に提げているのは黒光りするダレスバッグだ。焦げ茶色の中折れ帽子まで被《かぶ》っている。

ギャングのボスか、さもなくば一昔前のＦＢＩだ。

「部長っ」

奈良林は短く叫ぶと、ステンレスの灰皿の上で葉巻を揉《も》み消し、直ちに立ち上がり、自分の席に向かう。

「富沢《とみざわ》部長？」

美奈も奈良林に続いた。

富沢誠一《せいいち》警視長。組織犯罪対策部部長にして、十年後の警察庁長官との呼び声の高い人物だ。

「今日は、一日中警察庁で国会対策だと聞いていたんだがな。驚かせてくれるぜ」

奈良林が声を忍ばせている。

美奈は教えられた席に座った。暴力団対策課情報収集係の末席。つまり最も廊下に近い席だった。

フロア中央のひと際巨大な部長席に向かっていた富沢が、向きを変え、暴力団対策課のシマのほうへやってきた。

課長席の前で止まる。

「奈良林君。山上《やまがみ》課長は？」

「はいっ。課長は、例の代々木公園麻薬取り引き事案の情報交換のため、本日は大阪《おおさか》府警への出張であります」

奈良林が課長席へ歩み寄り、身体を折りながら言っている。

「あぁ、そうだったな。神戸《こうべ》とのかかわりの裏取りだね。わかった。帰りの新幹線の中からでいいので、メールで状況を知らせるように伝えてくれ」

「承知しました！」

奈良林の敬礼に、軽く頷いた富沢が部長席へと戻っていった。

いきなりの生々しい会話に、美奈はここが改めて暴力団対策の第一線なのだと実感した。音楽隊に配属になる前の交番勤務とも物々しさが違った。

いったい自分にどんな任務が与えられるのか？

想像しただけでも身が縮《ちぢ》む思いである。転属一日目にして、帰りたくなった。これはある種のホームシックに似た気持ちである。

音楽隊というホーム。早くそこに帰りたい。自分はいまどこか見知らぬ街に漂流してきたようなものなのだ。

しょんぼりとした気分でデスクに座った。二十人ほどの席がある情報収集係のシマに、いるのは美奈と奈良林だけだった。他のシマも在席率は三十パーセントほどだった。おそらくほとんどの刑事は直行直帰なのだろう。

「あの、奈良林さん、本日、私は何をすれば？」

「見学でいい。まずこの部屋の空気に慣れろ。正式な任務は課長から伝えられるだろう。もうじき当面の相勤者《バディ》が出てくる。いろいろ話を聞くんだな」

そういうと奈良林はパナマ帽を被り立ち上がった。

「シキテンに行ってくる。森田《もりた》にそう伝えておけ」

「シキテン？　森田さん？」

「あんたのバディになる男だ。あっ、いかにもナンパ師っぽい面構えの男だが心配はいらない。あんたに手を出すことはない。たとえ、あんたのほうから惚《ほ》れても成就《じょうじゅ》はしないが」

どういう意味だ？　自分が魅力のない女に認定されている気もする。それ、どういう意味ですか、と問いただす間もなく、奈良林はパナマ帽を少しあみだに被り直し、廊下へと出ていってしまった。

もう午前十時だった。

それなのに、登庁してきている刑事が三割程度だ。

美奈がかつていた所轄の地域課や音楽隊は、八時三十分の始業時間には全員デスクに座っていた。また新人は、さらに一時間前に出勤してデスク周辺を掃除しておくという習慣があった。

それを誰もパワハラとも、ブラック企業だとも受け取っていなかった。署長もキャリアも必ず一年間はやってきた伝統だと知っていたからだ。

対して、このマルボウはどうだ。

始業一時間半が過ぎても、フロアはまばらだ。

美奈は転属初日とあって、総務課に呼び出されていたので遅れてきたわけだが、九時過ぎに暴対課情報収集係のシマにいたのは奈良林だけである。

だが、奈良林は定時に出勤したのではなく、昨夜から応接セットで寝ていたようであった。

美奈は所在なくデスクに座り、他の部署の刑事たちを眺めていた。

薬物銃器対策課では若手がふたり、報告書を書いているようだ。警察の仕事で一番しんどいのは、じつはこの書類作成なのだ。ふたりの若手刑事は、いずれも刺繍《ししゅう》入りのスタジアムジャンパーを肩から羽織ってボールペンを走らせている。金髪のツーブロック刈だ。刑事が報告書を書いているというより、不良少年が反省文を書かされているような様子だ。

逆隣りの国際犯罪対策課には徐々に刑事たちが現れていた。みんなぐったりとした表情で、デスクにすわりパソコンを眺めている。

朝の清々しさがまったく感じられない、倦怠《けんたい》と頽廃《たいはい》だけが漂うフロアであった。

4

「うぃーす。おぉ、今日からキミが相棒か。いいね、いいね、サックス吹きだって?」

不意に目の前に若い男が座った。

アッシュブラウンのふわっとした髪型。目鼻立ちがくっきりした顔で、肌の色は健康的な小麦色だ。

「あっ、本日から情報収集係に配属になった堀川美奈です。平成二十九年(二〇一七年)入庁。階級は巡査です」

美奈は立ち上がり背筋を伸ばした。年齢は特に言わなかったが二十七歳だ。

「俺は森田明久《あきひさ》。二期上でいちおう巡査長。入庁は卒後一年遅れだから、年齢的には三個上になる。あっ、だけど気軽に接してくれよ。これから説明するけど、先輩扱いされると、いろいろとややこしい」

森田は頭の後ろで両手を組みながら言っている。デスクに置いたシアトル系コーヒーチェーンのカップから、カフェラテらしいいい匂いが漂ってきた。

この殺伐《さつばつ》とした組対部の中で、なんとも垢《あか》ぬけた雰囲気の男だ。

「音楽隊からの転属なので、組対のことなんて何もわかりません。よろしくご指導ご鞭撻《べんたつ》ください。お願いします」

深く頭を下げた。

「固い、固いよ。もっとテキトーに話してよ。刑事っぽくしないのが、ここでは基本だから」

「そうなんですか？」

美奈は訊いた。

「そう。俺たちが情報を探る相手は、素人じゃない。そこが捜査課と違うところよ。最初から悪党だとわかっている相手を探るんだ。刑事や警官の雰囲気は極力なしにしてくれよ。ところで、奈良林さんっていなかった？　スキンヘッドに鬚の……」

森田が窓に近い側のデスクを見やった。上席《じょうせき》だ。

「あの、シキテンに行くとか言っていましたけど。なにか行事とかあるんですか？」

美奈は式典と受け止めていた。音楽隊のスケジュールにはよく○○式典というのが入っている。

「あのおっさん、いまだに昭和の極道の隠語を使うんだよな。シキテンっていうのは、見張りという意味だよ。最近そんな隠語なんて使わないよ」

「そうなんですか。見張りですか」

美奈には想像できない意味だった。

「わざわざ、知る必要もないけど、いちおう解説してやるよ」

森田はカフェラテをひと口飲んで続けた。

「大昔の極道は賭場《とば》や義理事《ぎりごと》のことを式典と呼んでいたそうだ。そういう意味でキミのイメージは間違っていない。そしてその賭場や義理事を見張る係が存在した。警備だね。そこからシキテンを張るという表現になった。しまいにはシキテンだけで、見張りとか監視という意味になったということだ。日本語はどんどん縮まっていく傾向にあるからね」

口にカフェラテの泡を少し付けたまま教えてくれた。なんとも無邪気《むじゃき》な仕草だが、解説は実に論理的だった。

「それで私の任務はいったいどういうものになるのでしょう」

おそるおそる訊いた。情報収集というのが具体的にどういうことを指すのかわからなかった。

「暴力団対策課は、基本旧四課が主体だ。四課といえば刑事部の捜査四課の時代からマルボウと恐れられていたセクションだ。基本は指定暴力団の定点監視が主だが、俺たちは特殊な情報収集をメインにしている」

「特殊な？」

美奈は聞き直した。

「指定暴力団や準暴力団の定点監視は専門部隊に任せ、俺たちは一般市民に紛れて、暴力団や準暴、それに準ずる半グレ集団、暴走族などの新たな悪だくみの情報を探るのが役目だ」

「それって、潜入捜査ってことですか」

美奈は目を大きく見開いた。それは刑事の中でも最も危険な任務ではないのか。

「結果的に本格的な潜入になる場合もあるけど、そこまではめったにない。俺らの任務はやばそうな事案の端緒《たんしょ》を摑《つか》むことだ。そこから先は、すでにマルＢ（暴力団）の中に潜入している刑事や、特殊工作機関にバトンを渡す」

る。

地域課や音楽隊では聞いたことがない部門名だ。ビビりながらも好奇心がもたげてくる。

「特殊工作機関？」

「それに関しては部長以上しか知らない。非公然組織だから、普通に俺たちが知っていたらまずいらしい。ってか、腹減った。親睦会を含めてカフェに早飯にいかないか。昼になると混んじまうからさ」

森田がすっと立ち上がった。この部署、自由すぎないか。

「任務について詳しく教えてくださるなら」

「教えてやるよ。けど、その敬語やめてくれないか。それじゃ警察であることが、丸わかりすぎる。俺たちはカップルってことで町の中に潜るんだぜ」

森田が頭を掻きながら言っている。

「私たちカップルになるんですか！」

思わず大声を上げた。

薬物銃器担当の若手刑事が「つるせぇよ」と叫びながら睨《にら》みつけてきた。

「だから、詳しい話はランチをしながらって言ったろ」

「あっ、すみません」

美奈はすごすごと立ち上がった。

森田が薬物銃器担当に鋭い視線を向けた。

「おい、いちいち絡むんじゃねぇよ。誰のおかげで、点数を挙げられていると思ってんだ。こっちが手にした情報を所轄のマルボウに回したっていいんだぜ」

柔和《にゅうわ》な表情を一転させ、凄《すご》みのある顔になる。

「やべぇ取引現場に踏み込むのはこっちだぜ」

相手も立ち上がった。

森田は無視して廊下に向かった。

日々、和気あいあいとしていた音楽隊とは真逆の部門だということを痛烈に思い知らされた。

この部屋自体が暴力団そのものなのだ。

とにかく森田を追って、廊下に出る。向かったのは高層階にあるカフェレストランだった。一階にある大食堂とは別物で、窓からは霞《かすみ》が関《せき》の中央官庁や皇居の森が見渡せる、ちょっとしたスカイラウンジだ。

「今夜から、六本木《ろっぽんぎ》のパトロールに出る。昼のうちによく寝ておけよ」

森田が名物のメガカレーのトレイを持ちながら席に着いた。

美奈は、パスタランチにした。ペペロンチーノにグリーンサラダだ。

「パトロールですか。地域課の巡回のような感じなのでしょうか」

所轄の交番勤務だったころ、担当する管内をパトカーや自転車に乗って身回りをしたことがある。主に空き巣対策だが、時には泥酔者を保護することもある。

「かなり違う。制服警官の巡回は、犯罪抑止のための威嚇《いかく》の意味があるが、俺たちは警察と悟らせずに、町の不良たちの中に溶け込む。そこでいろんな話を聞き込むのさ」

「具体的には、どんなふうにするのですか。目的の場所は決まっているんですか」

美奈はサラダから先に食べながら訊ねた。

森田の眉間《みけん》に皺《しわ》が寄る。

「だから敬語はやめろ。日常からため口にしていないとダメだ。庁内でもそれはＯＫなんだ。たとえば、俺は奈良林さんと親子の設定になることも多い。良家の子息じゃないんだから、敬語なんて使わない。『おやじ、ふざけんな』とか『五万貸してくれよ』なんてセリフばかりだ。だから庁内でもそうしている。慣れていたほうが、いざというときに危なくないんだ。わかるか？」

森田がそういうと、ストローでアイスコーヒーをズズと音を立てて吸った。

「わかりました。すみません……じゃなくて、わかったわ。ごめん、ですね」

「ですねは、要らない。美奈」

いきなり呼び捨てにされ、ウインクまでされた。かなりドキッとなった。なんだこの男の恋人オーラは。

「今夜は六本木の店を数軒流す。交差点の東京タワー側。『摩天組《まてんぐみ》』のシマだが、狙《ねら》いは組員じゃない。新たに町に流れ込んできて派手に遊んでいる連中を割り出すんだ」

森田が窓外に目を向ける。六本木方向だ。この窓からは、かすかにヒルズの尖端が見えている。

「目的はどういうこと？」

敬語を止めてみた。

「美奈、俺のことは明久と呼べ。それでもう一回言ってみろ」

森田が頬に手を当て、じっと美奈の瞳を見つめてくる。心臓がパンクしそうになった。

「明久さ。目的はなに？」

こんな感じだろうか。どういうわけだか、明久と呼んだとたんに、かっと顔が熱くなる。なにしろ彼氏なし歴五年だ。カップルの芝居をするにも、どう接したらいいのかわからない。

「特殊詐欺《さぎ》の元締め探しだよ」

そこで森田は言葉を区切り、辺りを見回してから続けた。

「捜査二課《ソウニ》のサギ担は、被害者が出てから動く。金を受け取りに来た相手の足取りなどから、中継している奴の居場所を探し出し、そいつを泳がせ、元締めとの繋《つな》がりを洗いだそうとする。だが、ほとんどうまくいかない。たいていの場合、途中で線が切れてしまう。ダウンストリームから一歩一歩上に上がっていく地道な捜査は手堅いが、詐欺犯罪には向かない。捕まえたときには、すでに新たな手口に代わっているし、犯罪の立証がしづらいからだ」

森田はそこでまたアイスコーヒーを啜《すす》った。周囲を慎重に見渡している。おそらく、周囲に捜査二課はもとより捜査課系の刑事がいないか窺《うかが》っているのだろう。

「詐欺犯がもっとも難物だと、私も府中《ふちゆう》の座学《ざがく》で学んだわ。だから捜査二課にはエリート中のエリートが集められると」

府中とは警察学校のある地名だ。庁内や所轄ではこれで意味が通ずる。それにしてもタメ語には慣れない。しかも周りにいるのは、ほとんどが上官のようなのだ。

「俺たちはエリートじゃねぇから、そんなきちっとした捜査はやらない」

森田が片眉を吊り上げた。

「いや、そんなつもりじゃ」

美奈は頭を下げそうになって、踏みとどまった。さらに怒られそうだからだ。

「いいんだ。緻密《ちみつ》な捜査はソウニの任務だ。俺たちは、あくまでも、やってそうなやつに当たりをつけて、裏付けをとる。これは、悪党を定点監視している俺たちのほうが得意だ。ソウニは下から探し当てる。マルボウはまず頭を叩く。その違いだ」

犯罪のアップストリームを抑え込むほど、予防になることはないが、それにしてもと、美奈は首を捻《ひね》った。

「だけどさ、明久。犯罪者は額に髑髏《どくろ》マークとかつけて歩いているわけじゃないわよね。それらしいと見当をつける方法ってあるの」

「それが案外わかるんだよ」

森田がにっこり微笑《ほほえ》んだ。

「特殊詐欺で稼いだ金っていうのは、まず預金ができない。でかい買い物もできない。海外送金も足が着く恐れがある。だから彼らは、どこかにひそかに現金を隠匿《いんとく》するしかないんだ。いくら稼いでも、使うには制限がかかる。しかも現金の在りかは誰にも教えられない。これってストレスだよなぁ」

「私には、想像できないんだけど」

少しずつタメ口に慣れてきた。

「つまり金は持っているのに、不動産やクルマといった登記が必要なものは買えない。株などに再投資するにも、どうしても口座が必要になる。しかも、億単位の現金を所持していることがバレたら、狙われる可能性もあるってことだ」

「それはストレスですね」

「そういうやつは、どの店の常連にもならない。けれども、飲み歩くと決めた日の金の使い方は半端じゃないんだ」

「そういう人間を探し出すわけですか」

ため息が出そうだ。

「そういうことだ。じっくり腰を据えて観察しなければならないが、不思議なもので、毎日うろうろしているうちに、見えてくるものだ。それにな、必ずしも元締めに出っくわさなくても、きっかけになりそうな現象は、町のあちこちに転がっている。海釣りと同じだ。歓楽街という大海原をクルージングしながら、俺たちはさりげなく釣り糸を垂らしておくんだ」

なんとなく意味がわかってきた。

「当面は明久について歩くのが一番のようね。けれどひとつだけ質問です。すみません、ここだけは、芝居から離れます」

断って敬語にした。

「なんだよ」

「どうして、私がこの担当に選ばれたんでしょう？」

美奈はズバリ聞いた。内示された日から、心の中でずっとモヤモヤしていた問題だ。

「美奈がバンドマンだからさ」

「音楽隊をバンドマンって、なんか違う気がしますが……商業的に娯楽を提供しているわけではありませんから」

あくまでも音楽隊は警察と都民の懸け橋だ。公共サービスの一環として働いている。

「面倒くさい理屈はいいんだ。音楽のプロとして通用するレベルの警察官をうちは探していた。俺が頼んでいたこともある。たまたま代々木公園で、奈良林《おやっ》さんが、美奈を見初めて、富沢部長に依頼したってわけだ」

「ど、どうしてですか」

カフェレストランが徐々に混みだしてきた。昼休みに入ったのだ。

「音楽をやっている美奈ならわかるだろう。不良だろうがヤクザだろうが、音楽は聴くんだ。そしていい音を聴いたら、自然にステップを踏むんだ」

森田が上半身を少し折って、ロボットダンスのような仕草をした。実にうまい。

「確かにそうだと思うけど……」

どうしたことか気持ちが急に明るくなった。自分とアルトサックスが、音楽隊ではなくマルボウから求められているというのが嬉しかった。

「あのさ、俺、思うんだけど、映画も小説も美術も、自分が興味を持たなければ見ようと思わないけれど、音楽だけは、町を歩くと勝手に耳に入ってくるよね。渋谷のセンター街で地べたに座り込んで、次の恐喝《きょうかつ》の相手を探しているゴロツキも、どっかの店から流れてくる音楽に聴き入ってしまうことってあるじゃん。そこだよ、うまく言えないけど、そういうことなんだよ。かくいう俺もダンサーだ」

森田はふたたび身体を揺すってみせた。ヒップホップ調だった。

「マジ？」

「おかしいかよ。大学は体育大学の武闘学部卒だけど、同時にダンススクールにも通っていた。で、卒業後一年は、ダンスの仕事をしていた。それが入庁が一年遅れた理由」

森田がニカッと笑う。

「どうして警察に就職したんですか」

「単に食えなかったからだよ。それに生涯踊りで食えるほどの自信はなかった。公務員になって趣味で踊っていてもいいだろうと、そういうこと。てか、混んできたから、戻ろう。パトロール時の具体的な設定は、プリントアウトして渡す。奈良林のオヤジも、新しい相棒と別角度からパトロールに入るが、お互い、出会っても知らぬ顔だ。そこだけは忘れずにな」

その後、刑事部屋に戻り、オリエンテーションを受けた。

どう解釈しても潜入捜査であった。特定の組織、団体に潜り込むのではないが、六本木という歓楽街に潜入することに違いはないのだ。

フリーのミュージシャンとダンサーのカップルとしてだ。

美奈は恐怖感を覚えた。こちらがマルボウ刑事だと明かして、威嚇《いかく》業務に当たる公然部隊のほうがよほどリスクが低いように思われる。

森田には深夜勤務になるので眠っておくようにと勧められたが、そういう気分でもなかった。いったんは、女性用仮眠室の二段ベッドで毛布を被ったものの、気持ちの昂《たか》ぶりは抑え切れなかった。だいたい昼の二時に眠れと言われても簡単に出来るものではない。

美奈はたまらず十七階の大合奏室に向かった。まだ兼務隊員だ。自由に出入りすることが出来る。

公演が入っているらしく、大合奏室はがらんとしていた。

たった二日しか経っていないのに、とんでもなく歳月が経っているような気分だ。

川本裕次郎のドラムセットが、窓際にセットされたままになっている。バスドラムを眺めている間に、うわっと嗚咽《おえつ》を漏らしてしまった。涙が溢れて止まらない。

ホームシック。これはまさしくホームシックだ。

帰ってきたい。ここに戻ってきたくてしょうがない。楽器ケースが並ぶ棚を見やると『堀川』とネームプレートの貼られたハードケースがあった。美奈の予備用のアルトサックスだ。

取り出して、一発吹いた。

やっぱりここは『レフト・アローン』しかない。

陽気な曲を吹いても立ち直れそうにない。こんなときは、気持ちが整うまで、哀しいメロディを吹き続けたほうがいいようだ。

美奈は二時間以上、その場所で吹き続けた。不思議なことに、徐々に明るい曲になってきた。音楽というのはそういうものかもしれない。

5

午前二時。

緑色にペイントされた鉄の扉を開けるとレゲエのリズムが聞こえてきた。厳密に言えば、これはリディムだ。独特のベースラインとドラムを組み合わせたひとつのバージョンで、他のジャンルではグルーブとかビートと呼ばれる。レゲエ系だけがリディムというジャマイカ英語で、そう呼ぶのだ。

ここは閻魔坂《えんまざか》にあるクラブ『スター』。六本木の町中にある墓地の真向いにある店だった。

「初めてだけど、入れるかな？」

森田がアフリカ系のドレッドヘアの店員に訊いた。

「もちろんですよ」

ナチュラルな日本語に美奈は、ちょっと驚いた。

店内の中央にダンスフロア。その周りに統一感のない様々なソファが置いてある。

客の入りは五割といったところだ。

まばらな客の中に入り、カップルシートに腰を下ろした。ドリンクを頼む。ふたりともジントニックだ。

「ミーナ。六本木の店は円山町《まるやまちょう》よりも垢抜けしているな」

森田が身体をピッタリ寄せてきた。体温が伝わってきそうだ。

細身の身体をあえてだぶだぶのサルエルパンツと白のTシャツで包んでいる。それにおろしたてのスニーカー。

美奈のほうはホワイトデニムのパンツにハイビスカス柄のアロハだ。特製のバスケットシューズも含めて、すべて官給品だった。バスケットシューズは少し重い。つま先と踵に鉄板が入っているからだ。

こうした潜入捜査では、特殊警棒などの武器を持てない。だからいざというときに、蹴りの威力を増すために特製安全靴を履くのだそうだ。

「そうね。音もいい」

美奈はレゲエのリディムに合わせて足を踏んだ。

【堀《ほり》ミーナ】——それが与えられた役名だった。森田のほうは【毛利《もうり》アキラ】だ。

こういう場合、本名と微妙に似せたほうが、間違いがすくなくてすむのだそうだ。偽造の運転免許証と国民健康保険証まで渡されている。

平静を装っていても緊張感は高まった。

今夜の二軒目だった。

最初は一《いち》の橋《はし》交差点付近の老舗《しにせ》の大箱ディスコに入った。

森田曰《いわ》く、身体をほぐすには最適そうだから、ということだ。

美奈は想像以上に年齢層が高いのに驚いた。いるのはほとんど両親に近い世代だ。そんな人たちが往年のソウルナンバーに合わせて、ノリノリで踊っていた。しかもフリーダンスではなく一斉に同じフリだ。

これも結構な衝撃だった。

さらに衝撃だったのは、森田の踊りも凄《すご》かったことだ。周囲の中年カップルたちに拍手喝采《かっさい》を浴びていた。

実に健全なディスコだった。

そこに午前零時ぐらいまでいた。森田としては、あえて観光ガイドにも載っているようなディスコで、美奈をなじませてくれたらしい。

ビールとカクテル系を数杯飲み、美奈も少しは踊った。汗と酒の匂いを纏《まと》うことが大切らしい。

六本木交差点近くのバーガーショップで腹ごしらえをして、閻魔坂へとやってきた。

「そろそろ店が混みだしてくるはずだ」

ウエイターからジントニックを受け取った森田がひとりごとのように言う。

「いまからですか」

三日前までならぐっすり眠っていた時間だ。音楽隊の朝は早いのだ。

「キャバクラ嬢やホステスたちとのアフター客がどっとやってくる」

森田が言った。

「毛利はキャバクラには行かないのね？」

甘ったるい声で訊いてみた。豪遊している客を見つけるならばその方が早いのではないかと思う。

「客として接待を伴う店に行くと、どうしてもこっちの素性も探られる。それに売れていないダンサーがそんなところに出かけるのもおかしいだろう」

レゲエの音に紛れて手短に説明してくれた。

「そういうことですか」

「このクラブはアフター客が多いことで知られている」

森田が慎重に周囲を見渡している。

確かに三十分ほど経つと店が混みだしてきた。数人の女性を伴った男客も数組やってくる。周りのソファに座った。女性たちは水商売なのだろうが、ラフな私服に着替えているので、一見どんな仕事なのかはわからない。

「仕事でゴージャスな衣装を着ている者ほど私服は普通になる。そんなものだよ」

美奈の戸惑いを察知したらしい森田が、そう教えてくれた。

三時半ごろになると、ダンスフロアは満員電車のようになってきた。レゲエのボリュームもテンポも上がる。

「踊るぞ。男女を問わず誰でもいいから、接触を図れ」

キスでもするように顔を近づけて言われた。

「はいっ」

いよいよ接触開始だ。

午後のオリエンテーションで今夜のミッションは、ナンパ待ち、もしくは女友達作りだった。職業はミュージシャンで押し通す。あまりしつこい男がいたら、森田がカレシとして割り込むことになっている。

レゲエを踊るなど初めてだった。

だが、耳を澄ましリズムの特徴を摑み、腰を振った。リズムの用語で言うとスレン・テン(sleng teng)。レゲエの代名詞といえるドラムとベースのパターンだ。

腰を振りつつ思った。レゲエダンスはどんな女が踊ってもエロティックになるのではないか。レゲエダンスは、身体に丸みがあったほうが、滑らかに見えるからだろう。

隣で踊っている真っ赤《まっか》なミニワンピースに黒のストッキングの女と、何度もヒップがぶつかった。こっちはホワイトデニムにアロハだが、レゲエではこれでもセクシーに見える。

「あっ、ごめん、ね」

そのたびに相手の女はそう言うのだが、美奈の周りから離れようとはしない。身体のくねらせかたがやたらセクシーで、当然男たちが寄っていくのだが、ナンパされても、彼女は不敵に笑うだけだった。美奈よりもいくつか上に見える。三十歳ぐらいか。

森田が近づいてきた。耳もとで言う。

「あの女、ミーナに興味を持っている。買って出ろよ」

「どういうことですか？」

「そっち系かもしれない。ミーナからも尻をぶつけてみろよ。反応があるかもしれない」

言うと森田は離れていった。森田はレゲエもうまい。あえて持ち味であるキレの良さを消して、背中を丸めてゆっくり尻をふっているのだが、その醸《かも》し出す雰囲気が、まるでジャマイカ人なのだ。何人もの女たちが見惚《みと》れている。連れてきた男の嫉妬の視線も飛び交っていた。

美奈はミニワンピの女に自ら尻をぶつけてみた。かなり強くやってしまった。女が軽くつんのめる。

「ごめんなさい」

慌てその腰に手を添え、転倒をふせいだ。

「ありがとう。私、多香子《たかこ》。あなたは？」

「あ、ミーナです。堀ミーナといいます」

「かわいい名前ね。ねぇ、くっつけて踊ろう」

多香子はそういうと、真後ろに回って、尻山をぴったり押し付けてきた。弾力があり、美奈のヒップよりもワンサイズ大きな感じ。

くっつけるというよりも、擦り付けられている感じだ。

「あっ、なんか面白いですね」

美奈は照れ隠しにそうつぶやいたが、多香子に聞こえたかどうかはわからない。ヒップ同士を擦り合わせるほどに、身体が火照《ほて》り出してくる。多香子は、まるでポールダンスをしているような腰つきで、美奈の尻ばかりではなく、腰骨のあたりにも片側の尻山を押し付けてくる。

「ねぇ、気持ちよくない？」

多香子が身体の向きを変え、後ろから抱きすくめてきた。美奈の太腿に両手を添えて、下腹部を押し付けているではないか。なんとも妙な気分にさせられる。

「いや、慣れてなくて。かっこつけてもすぐにバレますから、白状しますが、私、六本木のクラブ、今夜がデビューなんです」

実際本当のことなので、演技をする必要はまるでなかった。

「やっぱり私の思った通りだわ。ねぇ、ちょっとソファで飲まない」

多香子に促された。二人掛けソファに向かう。サイドテーブルに、空のグラスが二個置いてある。

「あの、お連れの方が一緒じゃないんですか」

「そうだけど平気よ。彼がナンパするために、私はダシにされているようなものだから。もっとも私もそのほうが、都合がいいんだけどね」

多香子がダンスフロアに向かって右手の親指を立てた。モスグリーンのスーツにノーネクタイの男が、ウインクしながら片手をあげた。多香子の同伴者らしい。森田に負けず劣らずのイケメンだったが、踊りはまぁまぁだ。たぶん、ユーロビートならもっとうまく踊るのだろう。スーツにレゲエは似合わない。

「素敵な方ですね」

一応そう言った。

「そお？　彼は商社マン。学部は違うけど、同じ大学だったの。それでいまでも、ちょいちょい飲む関係。男女の仲ではないわ」

言いながら、多香子が盛んに身体を擦《す》り寄せてくる。細い指が美奈の太腿を尺取り虫《しゃくとり》のように進んで、股間《こかん》の中央部に迫ってきた。やはり森田の言う通り、そういう性向なのだろうか。美奈は胸底でかぶりを振った。自分にその傾向はない。いや多分ない。

「あっ」

陰毛の生えているあたりを撫でられた。

「ねぇ、ミーナ、女は苦手？」

耳朶《じだ》にふっと吐息《といき》がかかる。

「いや、経験ないから……」

事実を伝えた。

「男は好き？」

「いや、そういうわけでも……」

「ここに何人も挿《い》れちゃったの？」

多香子の指がすっと、股間に滑り落ちる。かっと総身《そうみ》が火照った。欲情に火が付いたのではない。ただただ恥ずかしいだけだ。

「いえ、ふたりだけです」

つい本当のことを言ってしまう。奥手で、初体験は大学に入ってからだ。同じくミュージシャン。トランペッターだった。二人目は交番勤務時代。合コンで知り合った自衛官だ。

ミュージシャンとミリタリー。Mで始まる職業に縁がある。ちなみに美奈はドMだ。

「あら、それじゃまだどっちとも言えないわね。今度私に検診させて」

「検診?」

「私、これでも医者なの。大学病院の医局員。専門は形成外科だけど、医局の給料じゃ生きていけないから、六本木の美容整形のクリニックに週二日ほど出ているの。あなた顔は直す必要ないけど、おっぱい大きくしてあげようか」

右のバストを下から持ち上げられた。

「あっ、人が見ていますから」

美奈は身を捩《よじ》って、多香子の手のひらから逃れた。

「ごめん、ごめん、いきなりはまずかったわね。ねぇ、今度お昼とか、夕方にお茶でもしようよ」

彼女がワンピースのポケットから名刺を取り出した。

清水谷《しみずだに》多香子。都心にある大学病院のものだった。

六本木の美容クリニックに勤める女医。しかも超名門大学病院の医局員が本業だ。そビて同じ大学卒の商社マンが遊び友達。まさにセレブではあるが、逆に知り合って損にはならない相手だ。

「私は、売れていないミュージシャンで、アルトサックスプレイヤーです。ほとんど仕事がないんですが。多香子さんにとって何の得にもならない女ですけど」

美奈は謙遜《けんそん》をしながら、さりげなくミュージシャンであることを伝えた。

「あら、それは凄いわ。商社マンの彼にも紹介するわね」

「えっ、私、そんなたいした奏者じゃないですから」

「そうだとしても、どっちもお得な関係になれるかもだよ」

多香子はダンスホールに向かって手を大きく上げた。商社マンの男が、スーツの肘で汗を拭いながらやってきた。

「ねぇ、こちらのミーナちゃん、サックスプレイヤーだって。演奏を聴いてみたいわよね」

「おぉ、そりゃ凄いや。俺は三華《みつか》物産の秋元《あきもと》」

秋元が名刺を差し出してきた。

【秋元直樹《なおき》　㈱三華物産　国際文化事業部　開発課　課長代理】とある。名門商社だ。

「あっ、私、名刺とかなくて」

美奈は、立ち上がり頭を下げた。

「今度、三人で俺の知ってるジャズクラブに行こうよ。飛び入りプレイも可能だし、なんなら、レギュラーで出演できるように、俺が交渉してやる」

秋元が早口で言った。

「ホントですか。私、いま全然、仕事がなくて。家賃も親や彼から借りている始末です」

と森田のほうを見た。

「あら、あれがカレシなの。憎たらしいわね」

と多香子が、いきなり美奈のヒップをつねった。

「痛いっ」

飛び跳ねたところに森田が戻ってきた。後ろから、女がふたり付いてくる。

「アキラくーん。そんなイモ臭い女なんて捨てて、私らといいことしようよ」

ショートパンツにタンクトップの女がその豊満なバストを森田の背中に押し付けていた。

「そうよ。いいことしよう」

もうひとりの女が、森田の股間を撫でた。虹のようなカラフルなシャツに黒のワイドパンツ。ジャマイカンな雰囲気だ。

「いやいや、連れの男の人とトラブりたくないんでね」

森田は、踊っている男に頭を下げた。シンプルな白のTシャツに足首だけが見える丈の短いパンツの男だった。服装はシンプルだが、ピアスはダイヤのようで、右手に巻いた腕時計は、美奈でもわかる高級品だった。

「平気よ、私たちは、ただの取り巻きなんだから。あのお客さんはいつもナンバーワンの麻衣《まい》しか相手にしないんだから」

「とはいえ、ふたりとも、カレのお金で遊んでいるわけだから、横取りはできないよ」

森田は丁重に断っている。

「かっこいい」

ショートパンツの女が、尻ポケットから小さな名刺を取り出し、森田に押し付けた。

「店なんか来なくていいから、携帯に電話して。フリーで遊びたい」

「わたしも。三Pとかしたい」

もうひとりのレゲエシャツの女も名刺を渡している。凄いモテっぷりだ。

「わかった。連絡する」

森田がぶっきらぼうに答えた。さすがは潜入のベテランだと感心した。

「アキラ君っていうのかい？」

女たちが去った後で、秋元が森田のほうを向いた。

「はい」

森田は秋元を威嚇するように睨んだ。

「いや、俺はミーナさんにコナをかけていたわけじゃないから。連れの彼女が、友達になったみたいだから、挨拶しただけ」

秋元が弁解した。

「すみません。別に因縁つける気はないっすよ。ここ初めてなもんで」

森田も笑顔を見せた。

「ここは初めてでも、遊びは慣れているようだね。クラブのマナーを知っている。あそこで踊っているのは金井《かない》君。デイトレーダー。よく界隈のキャバやクラブで会う仲間。気を遣う心配はないよ」

秋元が森田にも名刺を出す。

「ありがとう。俺は名刺とかなくて。しょうもないダンサーっす。よろしく」

「なるほどプロなのね。どうりで。ねぇ、今度ミーナとお茶してもいい？」

多香子が会話に割り込んできた。

「もちろんですよ。六本木を教えてやってください」

そう言うと森田は、美奈の腕を取った。

「そろそろ帰ろう」

引き時と見たらしい。

「うん、そうしよう」

美奈も頷いた。

「じゃあ、俺ら一発やりたくなったんで、出ます」

森田が卑猥《ひわい》な内容を実に爽やかに言い切った。

「それは止められないな。張り切ってやってきてよ」

秋元が親指を立てる。

「ミーナ。森田君とのエッチの詳細、今週中に聞かせてくれる？　太さとか、ピストンの感触とか……」

また多香子にヒップを撫でまわされた。

「いや、はい、困った」

あまりにも露骨な会話に美奈だけが付いていけなかった。

森田に肩を抱かれてクラブを出た。

「初日としては上出来だ」

閻魔坂から階段を上って、六本木通りへと裏道を歩いた。

「女医と商社マンだったよ」

「いわゆる六本木系の人種だな。情報を探る糸口になりそうだ。女医に食らいつけ。俺はさっきのキャバ嬢から、金井というデイトレーダーがどんな奴か聞いてみる」

「あの女たちとやっちゃうんですか？」

美奈は口を尖《とが》らせた。軽い嫉妬《しっと》があった。

「やらない」

森田はきっぱりと言った。

「そうですよね。いくら業務上とはいえ、警察官が捜査のためにセックスするのはあり得ませんよね」

ほっとした気分になった。

「そうじゃない。俺は女とは出来ない体質なんだ。ゲイ。カミングアウトして以来、相棒は女ばかりになった。これっておかしくないか？」

すぐには呑み込めなかった。

それから、森田は延々とＬＧＢＴに対する警視庁の認識の低さを愚痴《ぐち》った。

「おかしいと思います！」

と答えたものの、複雑な気分になった。ちょっと好きになった男がゲイなんてさ。人生ままならないよ。

それぞれタクシーを拾い、帰途についた。美奈は中野《なかの》のマンスリーマンションだ。警視庁の隠れ寮。セイフハウスともよばれているらしい。そこで一か月暮らすことになる。

さてと、女医にいつ会うべきか。

レズか……　それもまた厄介な相手だ。

タクシーの助手席と後部席の間に取り付けられた液晶パネルに文字だけのニュースが流れていた。女優の最上愛彩《もがみあや》が参院選に出馬表明。

そういえばもうじき選挙だが、潜入捜査中につき、パスするしかないか。そんなことを考えながら、少し眠ることにした。

第二章　悪女のヒップホップ

1

「芸能人も政治家も売り出し方は同じようなものです。私どもも精いっぱい応援させていただきますよ」

黒須路子《くろすみちこ》は笑顔で答えた。

応接室の窓から、明治神宮《めいじじんぐう》へと続く表参道《おもてさんどう》が見える。梅雨《つゆ》明けはまだのようだが、このところ夏日が続いているせいか平日にもかかわらず、原宿《はらじゅく》界隈はにぎやかだ。

イベント会社『プリンシパル』のオフィスだ。

「民自党《みんじとう》の公認とはいえ落合正信《おちあいまさのぶ》は、まったくの新人です。そこに知名度の高いタレント候補が、割り込んできたのですから、もうたまらないですよ。公示まであと二日ですよ。

たまりません」

　新人候補の後援会長である蔵元源治《くらもとげんじ》が、顔を顰《しか》めた。上野《うえの》の酒屋の主《あるじ》だ。古稀《こき》を迎えたばかりという顔には深い皺が刻《きざ》まれている。

「女優の最上愛彩さんの参戦には驚きました。隠し玉だったってことですよね」

　路子は、タブレットの資料をタップしながら返した。

「そうなんですよ。これじゃあ一年前の公募は何だったのかわかりませんよ。落合は、東《とう》日《にち》新聞の政治部記者として長い間、外交政策に取り組んできた。記者として政治にかかわる限界を感じたので、昨年、民自党の参院選候補者の公募に応募したんですよ。元総理の覚えもめでたく、見事に合格した。現職のひとりが引退することになっていた東京選挙区ですよ。それから東日を辞め、この一年間、地道に民自党の職域団体やさまざまな後援組織と政策を詰めてきたんですよ。それなのに、ここにきて、いきなりもうひとり突っ込むと。タレント候補なんだから比例区のほうへ回ればいいのに、あくまで東京選挙区だという。これはもう、落合潰しとしか言えないです。だからと言って降りるわけにはいきません。落合もすでに様々な支援団体に立候補を宣言していますから。まったく、民自党は何を考えているんだ」

　蔵元は頬を膨らませ、拳《こぶし》でデスクを叩いた。置いてあったコーヒーカップが音を立てて揺れた。幸い零《こぼ》れはしなかった。

参議院選挙の候補者の後援会長が、イベント会社で熱弁を振るっている理由は簡単だ。

半年前、『プリンシパル』の立ち上げとともに、自社のホームページに『街宣車両、選挙用具一式レンタルします。地方選から国政選まで万全のサポート。お任せください』の告知を載せていたのだ。

本業は音楽コンサートや文化イベントの企画、運営会社としているが、芸能界を足場に、政界情報をしこむためだった。

黒須路子は、警視庁組織犯罪対策部の特殊工作員である。

非公然部隊『黒須機関』を率いている。

もとは一介のマルボウ刑事であった。

所轄時代、署内で金貸しをやり、同僚や先輩、さらには上司までを顧客にし、その弱みに付け込んで支配下に置いた。

おかげで『悪女刑事《デカ》』という結構な異名まで頂戴することになる。路子はこの綽名《あだな》を気に入っていた。

悪を滅《ほろ》ぼす方法は、より悪になるしかないからだ。

怨恨《えんこん》や弾みで犯罪を犯す素人犯罪者と、極道者は根本的に異なるのだ。暴力団員はその名の通り、暴力を振るうことを稼業《かぎょう》としている者たちだ。

犯罪が仕事なのである。

これを叩くことに、情実は無用である。情こそ、暴力団にとっては、もっとも付け込めるポイントであることを一般市民はもっと知るべきだ。任侠《にんきょう》映画はあくまでもつくりものなのだ。

路子は、とにかく悪を叩いた。嫌がる同僚や上司を巻き込んでも無茶な捜査を展開してきた。その結果、検挙率は上がった。

活躍が認められ警視庁《ホンシャ》に上がることになった。所轄の署長が、路子への対応が手にあまり、栄転させたといった方が正しいかもしれない。

ホンシャでも路子は、手段を選ばず、果敢に違法捜査を連発した。

その結果、出世の手駒として路子に目をつけた組対部長、富沢誠一から『勝手捜査』の大権を得る。

勝手捜査とは、文字通り勝手に捜査して事後に許可を得たことにするという特殊な捜査手法だ。

リスクは大きい。

失敗したら責任を問われ懲戒解雇《ちょうかいかいこ》となる。殺されても、殉職《じゅんしょく》扱いにはならず、事故死として抹消されるだけだ。

だが路子は連戦連勝だった。いまだ負け知らずだ。

とはいえ徐々に派手さを増す路子の闇処理方法に、富沢はじめ、総監、長官などの勝手捜査を認めていたトップたちも、ビビり始めた。

ついには警視庁の人事記録から消され、非公然の外部機関を任されることとなる。

それは、戦前の旧日本軍の特務機関に似た組織だ。工作資金は国が負担するが、結果はすべて自己責任で、警視庁の責任は問われない。

成功すれば、上層部の手柄となる。

本望だった。

生まれも育ちも銀座《ぎんざ》の路子の行動基準は、それがカッコいいか、カッコ悪いかである。

勲章をもらうなんて、カッコ悪い。

人知れず悪党を処理するのはカッコいい。

祖父、黒須次郎《じろう》の生き方もそうであったと聞く。戦後の占領期に日本政府とGHQとの間で暗躍したロビイストだったらしい。

昨年来の『黒須機関』の捜査の結果、反社会的勢力と政界を繋《つな》ぐ黒子として、政界と芸能界のふたりの大物の存在が、浮き彫りになっていた。

どうやら、国家にとって危険な仕掛けが着々とすすめられているようなのだ。

最初から知名度を持つ芸能人が選挙に有利なのは、誰にでもわかる構図だ。そして政治に参加しようとする芸能人がいても何ら不思議ではない。

だが、ある特定の意図をもって、芸能界を政治家の草刈り場と考えている者がいるとしたら、それはかなり危険なことだ。

潰さねばならない。

「最上愛彩を急遽《きゆうきよ》引っ張り出したのは、深澤満男《ふかざわみつお》先生ですね」

路子は問うた。この政治家をマークするために、わざわざイベント会社を設立し、芸能界の内側に潜り込むことにしたのだ。

「あっ、さすが選挙請負イベンターさんですね。そんな裏の事情までよくご存じで」

蔵元は驚いた顔をした。

「いえ、うちは選挙請負イベンターではありません。あくまでも芸能関係のイベント企画が本業です。深澤先生が、アイドル出身の最上愛彩の政界入りを口説いていたというのは、こちらの業界にも伝わっていたというだけのことです」

路子は、爪を隠した。

だが、頭の中ではすばやく選挙の状況を予測する。なんとしても深澤陣営を撹乱《かくらん》せねばならないからだ。

公示直前となり、出馬表明した女優のことを思い浮かべた。

最上愛彩は、十七歳でアイドルユニットの一員としてデビュー。三年ほどはユニットの中でも中堅に位置し、さほど目立つ存在ではなかったが、脇役で出演したドラマでの、シングルマザー役でブレイクし、一気に知名度が上がった女だ。

それを機に、彼女は人気アイドルユニットを卒業し、大胆な方向転換を試みた。

なんと女優として時代劇に専念するという道に向かったのだ。

みずから芸域を狭めるというのは、リスクが大きかったはずだ。だがこの選択は、見事的中した。

商業劇場での定期公演と、CSテレビの時代劇専門チャンネルのオリジナルドラマで、彼女は、一気に中高年の心を摑んだ。

いずれも映画全盛期のシンプルな勧善懲悪《かんぜんちょうあく》物を現代に復活させた内容のものばかりだったが、リアルすぎて殺伐《さつばつ》とした社会派ドラマや映画が多い中、六十五歳以上には、むしろこの路線が受けた。

以後、最上愛彩は、時代劇女優として定着した。

本人の志向ばかりでその道を選んだわけでもないだろう。仕掛けた男がいるはずだ。路子は、最上愛彩が所属していたルーレットレコードのCEO、正宗勝男《まさむねかつお》を疑っている。これほど大幅な路線変更を、愛彩に対して強引に説得できるのは、正宗ぐらいしかいないからだ。

その正宗がつるんでいる政治家が、深澤満男だ。そこまでは調べがついていた。

「まさか民自党所属ではない深澤先生が、動くとは思いませんでしたよ。あの人は……本当に政界の壊し屋だ。まったく……」

蔵元が眉間の皺をさらに深くした。

深澤満男は、無所属の実力者だ。与野党双方に顔が利き、永田町《ながたちょう》の調整弁などと揶揄《やゆ》されている怪しげな政治家だ。

三十年前、貿易会社からの収賄《しゅうわい》が発覚し、有罪判決を受けたことから、民自党を離党し、一時期議員を辞したが、公民権の回復後は、無所属で衆院小選挙区に返り咲き、以後当選を重ねている。

この収賄事件は、東南アジア一帯への政府開発援助《ODA》に伴うもので、各国のインフラ整備の工事受注をめぐるものであった。

この収賄には、当時の閣僚や関係省庁の大物官僚が多く絡んでいたが、深澤がひとり罪を被り、一切口を割らなかったという伝聞が付いて回っている。

深澤の立つ、東京二十六区に民自党が公認候補を立てず、組織票をすべて深澤に回しているのは、いまだに深澤の口を封じていなければならないからだという。それ以外に考えられないだろう。

深澤にはその後も黒い噂《うわさ》が付きまとう。

三年前にも、ＣＳ放送局開設認可に伴う収賄疑惑があった。

アダルト番組の専門チャンネルの認可について、いくつかのＡＶ制作会社から巨額の献金を受けていたという疑惑だ。結果、新たなアダルトチャンネルは開設されず、贈収賄疑惑もあやふやなまま闇の中に消えているが、多くの政治家や官僚がかかわっていたと言われる。

「東京選挙区は改選定員六名ですね。泡沫《ほうまつ》候補も入れると三十人以上が立ちますが、蔵元さんの読みは？」

路子はまるで選挙プロデューサーのような聞き方をした。蔵元自身の選挙への熱の入れようを測るためだ。

「落合はひいき目に見て七番目です。最上愛彩だけではなく東京一番党《とうきょういちばんとう》が国政進出を決めたのが大きいです」

冷静に見ている。そう思った。

　路子も脳内に候補者の顔ぶれを浮かべた。

　トップ確実なのは『立共党《りつきょうとう》』の女性候補者だ。これも元タレントだ。議場でヒステリックに質問を浴びせる姿は、もはやひとつの劇として定着している。同党が二人目の公募候補者にどれだけ票を割くのかがカギとなりそうだ。立共党は現職だった改選議員が引退し、新人を擁している。

　民自党はこの三十年間参院東京選挙区においては、改選ごとに二議席を確保しており、現職の大道寺《だいどうじ》輝政《てるまさ》と最上愛彩は、今回も鉄板だろう。

　保守とリベラルの大政党で合計四人。

　これに保守系の『威勢《いせい》の会』と左翼の『赤翔党《せきしょうとう》』が一名ずつ確保すればすべては終ってしまう。

　確かにここに民自党の三人目を押し込むのは難しい。

　穴があるとすれば、凋落《ちょうらく》傾向にある立共党の二人目は打ち負かせそうだが、その席を地域政党だった『東京一番党』が獲《と》ってしまうと、落合には目がなくなる。

　──誰かを引き剝がすしかない。

　路子はそう考えた。

「私も、普通の市民目線で見て、七番目だと思います。でも、イベンターとしてお引き受けした以上、全力で応援します。うちは単にビジネスで引き受けるようなことをしません。落合さんの外交戦略に、共感するところが多々あるので、加勢したいのです」

落合正信は、記者時代から、中国、ロシアの脅威に対するカウンター政策を提言している。例えば津軽《つがる》海峡を公海としていることの廃止だ。

『えっ、北海道《ほっかいどう》と青森《あおもり》の間にある津軽海峡は日本の海域ではないの？』と思う国民のほうが多いかもしれない。

これが違うのだ。

国際法上、沿岸国の海域は、十二海里までをその国の領土を同じとすることが出来る。ところが日本は、津軽海峡、宗谷《そうや》海峡、対馬《つしま》海峡東《ひがし》水道《すいどう》、対馬海峡西水道《にしすいどう》、大隅《おおすみ》海峡の五海峡においては、三海里までを領海とする特定海域（国際海峡）に指定している。どの国の商船、タンカー、軍艦が通ってもよいとの措置だ。領海を拡大することは、国際法上違法となるが、縮小することは認められている。

どうでもいいことだが、青森から北海道にフェリーで行く旅行者は、いったん日本を出て国際海峡を渡って、再び日本に入るということになる。

紛《まご》うことなき海外旅行なのだが、ほとんどの国民はそのことに気づいていない。

歴代政権は長らくこの事案に関して『自由貿易の観点から、どの国の船舶も自由に航海できるほうがメリットがある』と説明し続けている。

欺瞞《ぎまん》だ。本音は違うところにある。

これらの海峡を日本の領土と主張してしまうと、米国の核搭載船舶が通過した場合、我が国の『非核三原則』の〈持ち込まない〉に抵触してしまうからなのだ。

そのための方便に用いられている愚法に過ぎず、そこに国防上のあらたな脅威が生まれている。

二〇二一年十月十八日、この津軽海峡を中国海軍とロシア海軍の艦艇十隻が堂々と通過したが、公海なので抗議することは出来なかった。

タカ派と呼ばれる国会議員や右派のジャーナリストたちは、かねてより防衛上の危険性を指摘したことだ。

そして二〇二二年二月、ロシアがウクライナに侵攻した。

ロシア海軍はふたたび津軽海峡に現れた。

『北海道を領土として主張する』と発言するロシアの政治家も現れた。その気になれば、ロシアはたちまち、北海道と本州を分断してしまうだろう。

特定海域をただちに廃止してしまえばいいというほど単純な事案ではないが、いまこの時期、大いに議論するべきだろう。

もっとも路子の任務は、政策論議への加担でも、政界工作でもない。深澤満男と芸能界の最大勢力であるルーレットレコードの会長正宗勝男の陰謀を暴き、闇処理することにある。

「引き受けていただいて感謝します」

「小型選挙カー二台、幟旗《のぼりばた》、後援会ジャンパー、選挙事務所の設営、ポスター、チラシ制作、すべて請け負います。もちろん、違反にならないように、すべてそちらの弁護士さんの指示を受けて行います」

路子は予算表を示した。蔵元が再び目を丸くしている。通常の三割程度の価格設定である。

「私共の気持ちです。落合先生が勝利した場合、こちらが陳情に伺うこともありますでしょうから……　私自身も落合さんの当選に寄与したいのです」

あなたの陣営を利用したいともいえまい。

「黒須さんは、弁《わきま》えていらっしゃる。どうか、イベンターとしてだけでなく、ボランティアとしても参加ください」

蔵元は満足そうに頷いた。

2

二日後、参議院選挙が公示され、日本中に選挙カーが走り回り始めた。民自党は単独過半数を得ようと必死になっている。この選挙を終えると、向こう三年間は、国政選挙を行わずに済み、現政権は長期展望に立った政権運営ができるからだ。

一方野党は、その民自党に風穴を開けようとこれまた、ボルテージが上がっている。

上野広小路《うえのひろこうじ》にある落合正信の選挙対策事務所では、多くのボランティアが、悲壮感を漂わせながらも、せわしなく動き回っていた。

基本的に落合の対露、対中政策に共感している保守層が多いという。

後援会長を引き受けている蔵元もそのひとりだが、蔵元自身は外交問題よりも、選挙そのものが好きな個人商店主のようだ。親子二代にわたる民自党支持者で、選挙と聞くと、血が騒ぐ酒屋の大旦那。民自党に多い支持者の典型タイプだ。

路子は手配した選挙カーやウグイス嬢の様子を見るために、訪問した。ボランティアを十人ほど引き連れていた。

本業のアイドルコンサートの際にステージや会場の設営をするパートスタッフを募っ

た。いずれも将来プロのイベンターになろうとしている連中で、選挙というイベントも意欲的に学んでおきたいという志《こころざし》の高い者たちだ。

「蔵元さん、なんか活気がありますね。私たちも、街頭でのチラシの配布をお手伝いします。もちろん、全員無償のボランティアです」

路子は、引き連れてきたスタッフを紹介した。

「それはありがたいです。落合はいま選挙カーで、山の手地区を回っていますが、まもなくこの広小路に戻って、辻立ちをやります」

蔵元の視線を追うと、事務所の入り口付近で、ビールケースをいくつも組み合わせて演説用のお立ち台を造っているスタッフの姿が目に入った。

「辻立ちですか？　今日は民自党の大型街宣車では」

確かそう聞いている。閣僚級の議員の応援もあると蔵元は言っていた。

「その予定だったんですが、一時間前に党本部から電話が入ってキャンセルになりました。宇能《うの》外相か睦月《むづき》防衛相のどちらかが、応援に入ってくれる予定だったのですが、それも都合がつかなくなったと。防衛大臣においでいただくのは、落合の切り札だったのですが……女優の応援のほうに回ることになったみたいです」

「それで、落合先生はビールケースのお立ち台ですか？」

不憫《ふびん》すぎる。蔵元は頷いた。唇をきつく結んでいる。

「道路使用許可はとってあるのですね？」

路子は確認した。

「もちろんです」

「それでしたら、うちがすぐにステージを用意します。幸い、両国《りょうごく》にうちの倉庫があるんです。公選法に触れない形でやりますから」

路子は、すぐにオフィスに残っているスタッフに電話した。アイドルの野外握手会に使うための移動式のステージがあるのだ。トレーラーに載せるとすぐに持ってこられる。

「本当ですか。ありがたいです」

「ステージフロントに照明もついていますから目立ちますが、車両ではないので、違法ではないですね」

公選法で選挙カーは一候補一台しか使用できない。党本部の街宣車は、政党としてまた別に登録されているので、その範囲ではないわけだ。

「大丈夫です。かえってそのほうが目立つでしょう。党の街宣車なんて、有権者から見ればありきたりですから」

蔵元の眼に力が戻った。

「それにしても蔵元さん、民自党の上層部も腰が定まっていないようですね。睦月防衛相なんて、落合先生と同じお考えのはずなのに……」

防衛大臣は右派を代表する論客のひとりで、ロシア以上に中国の脅威を常々語っている。落合の応援を捨てて、どちらかといえばリベラル寄りの主張が目立つ女優の候補者に回るとは解せない。

「黒須さん、そのことで、ちょっと相談が。近くのカラオケボックスにご同行を願えませんか。期間中、ひと部屋を借り切って打ち合わせ室に使っているんです」

なるほどと思った。在宅勤務が増えて、カラオケボックスを仕事場に使う人たちも増えている。

「はい。かまいません」

路子は即座に応じた。

連れてきたスタッフたちには、まもなく到着する移動用ステージの設営をするように伝える。スタッフたちは、落合陣営のボランティアであることを示すジャンパーを着こんでいた。ブルーとイエローのツートンカラーのジャンパーだ。爽《さわ》やかなイメージであるとともに、さりげなくウクライナへの支援を呼び掛けているものだ。

「では、ご足労願います」

蔵元に促され、路子は選挙事務所を出た。

夏日のような強い日差しをうけた上野広小路は喧騒に満ちていた。

そのカラオケ店は、選挙事務所の真隣にあった。十人は入れるリビングルームのような部屋だ。楕円形の大型テーブルの上に、ノート型パソコン五台にプリンターが設置され、さまざまな書類も積み上げられていた。

カラオケ用の大型モニターには、地区別の票の伸びが数字で表されている。せっかくだから演歌の一曲でも歌ってみたいと思っていた路子の気持ちは打ち砕かれた。

「何か、よくない知らせでも」

ソファに腰を下ろしながら訊いた。

「実は怪文書がやたら出回っているんです」

蔵元も対面する形で座り、スーツの内ポケットから数枚の用紙を取り出した。

「見せていただけますか」

「もちろんですよ。どうぞ、もう百通ぐらい確認しています。報道機関やネットジャーナリスト、それに与野党の国会議員の事務所に送られています」

蔵元から紙の束を渡された。

驚いたことに、ネット投稿やメールからのプリントアウトではなく、これはファックス用紙だった。

「政界ではいまだにアナログな手段を使うのですね」

「意外なことに、ネットよりも追跡が難しいです」

蔵元が肩を竦《すく》めた。

路子は文面に視線を落した。新聞社宛の一枚だった。

毎朝《まいちょう》新聞　社会部　様
前略
御社の常に真実のみを報道する姿勢に敬意を表する者のひとりです。

今夏の参議院選挙の候補者について、売国奴《ばいこくど》の疑いがありますので、ぜひ御取材願いたくご連絡差し上げました。

その候補者とは元東日新聞政治部記者の落合正信氏です。

落合氏はかねてから親米反中の保守論客として知られておりますが、これは世間を欺《あざむ》くための真っ赤な嘘で、本当の姿は中国国家安全部の工作員でした。

実態は保守界の論客たちと交流を持ち、その情報を中国側に流していたのです。

中国、最近はロシアにとって都合の悪いジャーナリストや政治家の交友関係や女性関係を中国安全部に伝え、スキャンダルメイクをするための一助としようとしております。記者を辞し、政治家に転身を図ろうとしているのは、さらに日本の政治の中枢に接近するためであって、落合正信氏は、きわめて危険な人物であります。

どうかこのことを毎朝新聞社にても調査し、真実を天下に公表することを懇願《こんがん》する次第です。

散る桜を尊ぶ会　代表　桜林《さくらばやし》義経《よしつね》

「この会は実在するのですか？」

読み終えて、路子は訊いた。

「あるわけないです。代表の桜林という人物も不明ですな。ようするに攪乱《かくらん》ですから、嘘とバレバレでもいいんですよ」

蔵元が眉間を扱《しご》きながら言った。睡眠不足が続いているようで目の下には、くっきりと隈《くま》が浮かんでいる。

「これで毎朝新聞が動くことがあるのですか」

「ないです。新聞社もそれほど暇《ひま》じゃないです。こんな中傷文書は選挙になると必ずばらまかれますからね。懇意にしている記者が、笑いながら持ってきてくれるんですよ」

「そうでしょうね」

路子はファックス用紙の発信先に目を止めた。六本木のコンビニの店名が出ている。

「しかしですね、ネットニュースだけに記事をあげるフリーライターなんかは、面白がって、こういった怪文書を孫引きして掲載することもあるんですよ。もちろん『信憑性《しんぴょうせい》のない怪文書』が出回っていると、断った上で書いているのですが、火のないところに煙は立たないと、思い込む読者だっているでしょう。それと一番困るのは、議員会館の与野党の他の先生方の事務所にも送られることです。怪文書と推測しながらも、もしやと疑う先生もいます。同じ選挙区であれば、これを武器に使う陣営も出てきます」

蔵元がさらに強く眉間を揉み始めた。

「睦月大臣が、応援を差し替えたのは、その辺の理由もあると……」

路子は蔵元のくたびれきった顔を覗き込んだ。

「まさかとは思っているでしょうが、逆に言えば、工作員などではない、という裏付けもありません。万が一にもそうであった場合、選挙で応援した睦月先生としては、大変なダメージを被ることになります」

「怪文書にあることは嘘だという立証義務も、こちら側にあると……」

路子はため息をついた。やったもの勝ちというわけだ。

「それでも永田町の議員会館ならまだいいんです。そこで働く連中はみんな政治のプロたちですから、怪文書も見慣れています。冷ややかな目で見ると思いますよ。ですが選挙期間中の選対事務所は違います。大学生や定年退職した元サラリーマンなどの、怪文書に免疫のない人たちが手にした場合、信じてしまうこともありますよ。そしてそういった人たちの口に戸は立てられない。ボランティアを辞めて何を言って歩くかわからない。いきなり紙が流れてくるファックスは、こういう場合、メールやライン以上に怖いんです」

蔵元は頭の後ろで手を組み、虚空に視線をさまよわせ始めた。手詰まり感が、ひしひしと伝わってくる。

路子は他のファックス用紙も順に読んだ。いずれも似たような内容だが、中には、落合正信氏が未成年者とラブホテルへ入るのを目撃したなどとする、きついものまである。

ファックスには発信番号がある。これらの怪文書はすべて都内繁華街のコンビニから出されたものだった。

「コンビニの防犯カメラにこれを送った人たちの姿が映っているんじゃないですか。そこから相手を探り出すことはできないんですか？」

刑事時代の捜査を思い出していた。警視庁の捜査支援分析センター《SSBC》は、都内各所の防犯カメラ、公共交通機関のカメラ、道路情報を得るためのNシステムを駆使して、容疑者の逃走経路を割り出す。その手は使えないものか。

「暴行や強盗、あるいは特殊詐欺の捜査なら、その手も使えるかもしれません。しかし、単純にファックスを送っただけの者を探してはくれません。むしろその話題が拡大されてしまうだけです。ニュースになることが選挙期間中はマイナスに働くこともあります」

蔵元は顔の前で手を振った。すでに弁護士や警察にも相談したことがあるのだろう、諦めきった表情だ。

「私が、この六本木のコンビニだけでも確認してみましょうか」

「無駄ですよ。私もコンビニチェーンの本社から手を回してもらい、その六本木の店の送信者は確認しました。アフリカ系の男が、メモを見ながら番号を押していました。たぶん、誰かに頼まれて送信しただけでしょう。探し出したところで、黒幕に辿《たど》りつくまでに何人の仲介者がいるかわかりませんよ」

どうやら、蔵元は何度か経験済みのようだ。

話を聞いていて、路子は特殊詐欺のシステムと似ていると感じた。特殊詐欺では、事情を知らない出し子が用意されるが、この場合、選挙や政治とは無縁の素人が頼まれるのだろう。外国人を使うなどは巧みだ。おそらく日本語を解さない外国人であろう。

「卑怯者ですね」

「ええ、ただ怪文書と闘っていても時間を浪費するだけです。黒須さん、何か劇的な演出プランはないでしょうか。最上愛彩のほうは、毎日、辻立ちと練り歩きで、確実に浸透しています。有名人は強いですよ。街に出ただけで、人が寄ってくるんですから」

「そうですねぇ」

路子は、何気なくリモコンを取って、画像を変えた。カラオケメーカーの広告が流れる。

ジャッキー事務所の大御所タレント、大覚寺《だいかくじ》右京《うきょう》が久しぶりに新曲を出したようでスポットが流れていた。

タイトルは『正義の選択』。

主演する同名のドラマの主題歌だが、このドラマ自体、東欧の国で放映されたドラマのカバーだ。腐敗する政権を倒すために立ち上がった中年歌手が、そのまま大統領になるというものだ。まもなく放映開始のようだ。

サビの歌詞がいい。

♪正義はどこにある？

あなたの心の中にある一番きれいなものが、正義じゃないのかい
僕は、ためらわない　まっすぐ行く

メロディも力強かった。

「これを使いましょう」

路子は膝を叩いた。

「えっ？」

蔵元が驚いた顔する。

「選挙カーから、この曲のサビだけを繰り返し流すんです」

ボリュームを上げた。

「そんなこと可能なんですか？」

「日本音楽著作権協会《JASRAC》に規定の使用料さえ支払えば、誰でも自由に使えます。それが日本の音楽著作権です」

「そうなんですか。ジャッキー事務所からクレームは来ませんか？」

「たぶん、普通なら政治利用されることに不快感を表明します」

「それではかえってマイナスですよ」

「そこは、私が何とかします。ジャッキー事務所は私共プリンシパルの顧客ですから」

オブラートに包んだ言い方をした。ジャッキー事務所は顧客ではなく事実上のオーナーである。表立っていないだけだ。

「それは凄い。ぜひお願いいたします」

蔵元が両手を膝につき、深々と頭を下げた。再び上げた顔の表情は随分と明るくなっていた。

「いまからやりましょう」

路子は直ちにスマホをとり、移動ステージを運び込んでいるスタッフに連絡した。大型スピーカーから『正義の選択』を大音量で流させるのだ。

同時に、ジャッキー事務所の二代目社長、坂本譲治《さかもとじょうじ》にも連絡し、仔細《しさい》を話す。坂本は、笑いながら快諾《かいだく》してくれた。その行為自体が宣伝になるというのだ。アイドルではなくすでに俳優として一定の地位を確保している大覚寺右京だから、問題ないという。しかも今回のドラマで、総理大臣になるまでの役を演じる大覚寺にとってはむしろ、物議を醸したほうが、得だとまで言っていた。いやはや芸能プロは、したたかだ。

十五分後、路子と蔵元は選挙対策事務所へと戻った。

道すがら広小路交差点付近にトレーラーで運ばれてきたステージが下ろされているのを確認した。両国倉庫から三十分で持ってきたことになる。引き連れてきたスタッフたちがライトの作動を点検していた。

事務所に入ると、ちょうど落合正信が戻ってきたところだった。

「初めまして、プリンシパルの黒須です。今回は当社を使っていただき感謝しております。先生、選挙カーの乗り心地はどうですか」

路子はタスキをかけた落合に駆け寄った。

「あっ、どうも。あなたが黒須さんですか。こちらこそお世話になっています。あの選挙カー、ばっちりですよ。シートもタレント仕様だけあって快適だし、なんといっても音響システムが抜群です。自分の声がまるでアナウンサーのようにこだまして聞こえる」

ワイシャツ姿の落合は公示以来一週間、東京中を走り回っていたせいで声がしわがれ、顔と腕だけが日焼けしていた。

「はい、コンプという声質を固めにしてなおかつ響かせる装置を通しているせいです。カラオケで使うエコーのように声質が軽くならないんです」

選挙カーには音楽コンサートでは当然のＰＡシステムを搭載してあった。他の選挙カーとすれ違った場合に、圧倒的な音質の差がつくはずである。

「手配してくれたウグイス嬢さんたちにも感謝です。速射砲のようにしゃべっているのに、はっきり聞こえる。それに、聴衆への呼びかけが実に巧みだ。そのまちまちの名所や歴史に触れながら、歌まで歌ってくれる。それもその場所にいる年代に合わせた様々な歌だ。これ、他のウグイス嬢では絶対に出来ないですよ」

落合は大満足のようだ。

それもそのはずだ。路子が無理やり頼み込んだウグイス嬢たちの本業は、都内観光専門のバスガイドなのだ。

当然、東京の地理や歴史について造詣《ぞうけい》が深く、名所案内は暗記している。走行しながら彼女たちは、公約だけではなく、その街をほめちぎるようにしている。

中高生の修学旅行から、シルバー世代の名所巡りまで、様々な団体を相手にするので、車中で披露する歌のレパートリーも広い。

「今日も精いっぱい、サポートさせていただきます」

路子は特設ステージを用意したことや大覚寺右京の『正義の選択』をシンボル楽曲として使うことなどを話した。

とにかくこの落合を当選ラインに持ち込むということだ。そうすれば政界の黒幕、深澤満男を慌てさせることになる。

そこが狙いだ。

最上愛彩の尻に火をつけてやる。

黒須は女優の大きなヒップを頭に浮かべた。今頃、彼女は党の巨大街宣車に乗って、閣僚たちの応援を受けていることだろうが、こちらの情報を得たとたん慌てふためくに違いない。

「では、そろそろ行きますか」

落合が入り口に向かった。

「先生、ウグイス嬢をひとり司会役に立たせましょう。公約を漫才のようにして伝えてください。寄席《よせ》が近くにあります。受けると思います」

「おっ、それいいね」

落合も乗った。

バスガイドの花村《はなむら》華蓮《かれん》が、すぐに打ち合わせに入ってきた。四十半ばのベテランガイドだ。

「初めまして、花村です。落合先生、私、いつもこの辺りを回っているときは、上野の彰《しょう》義隊《ぎたい》の話をやっております。幕末や維新なんて遥か昔のように思われますが、百五十年ちょっと前の話ですよ。維新といえば聞こえがいいですが、あれ、欧米に背中を押された革命だったわけですよね。上野のお山に立てこもった幕府側の彰義隊は、負けちゃいましたけど、勝っていたら、東京はまだ江戸って呼ばれていたかもしれませんねぇ」

鍛《きた》え抜かれた喉の持ち主である花村の声は、まるでマイクを通しているように、よく響いた。

「その話、いいですね。ウクライナ侵攻に結びつけられる。アゾフ連隊と彰義隊は似ているな。正義があるかないかとは別に、如何《いか》に防衛が大事かということを話すきっかけになる。彰義隊の話をぜひ振ってください」

「承知しました。任せてください」

花村華蓮がその大きな胸を叩いて見せた。これはよい漫才になりそうだ。

そして選挙活動とエンタテイメントはやはり親和性がある、と路子は痛感した。

日差しが少し傾き始めたころ、上野広小路に用意されたステージで、落合正信の演説が始まった。ライトアップし話題性のある新作ドラマの主題歌を流していたことから、続々と観衆が集まり出していた。

そこでまずバスガイドが上野へようこそと名所の見どころについて語り出す。バスガイド独特のイントネーションが、コントのようで受けていた。

「みなさまぁ、左に見えるのが上野のお山、右に見えるのは、未来の参議院議員、落合正信でございまーす」

この呼び込みで落合がステージにあがった。

どっと沸く。

そこからはまさに掛け合い漫才のようでテンポもよく、落合は持論の『中国脅威論』を面白おかしく語り、喝采を浴びた。

すかさず路子の連れてきたスタッフが「面白すぎる！　次はどこだ？　鈴本《すずもと》か？」と叫ぶ。

「明後日、浅草《あさくさ》でございます。演芸ホールではございませんよ」

とバスガイドが笑わせた。

最後に大覚寺右京の『正義の選択』を流しながら、落合は何度も手を振った。これは閣僚の応援よりもインパクトがあったのではないかと、路子は、自信を深めた。

3

──早いわね。

路子は背中に殺気を感じた。

日中の喧騒《けんそう》が嘘のように、午後十一時過ぎの原宿は人気《ひとけ》がない。

路子は表参道ヒルズの前を青山《あおやま》通りに向けて歩いていた。バイクの音がする。轟音《ごうおん》ではない。二百五十ccクラスだろう。速度を急速に落としたのがわかる。

路子の背後を、歩行者と同じような速度で、のろのろとつけてくる。

路子は振り向かずにタイミングが来るのを待った。

もう少し青山通りの交差点に近づきたい。

そのほうが一瞬で事足りる。

表参道ヒルズを通り過ぎようとした辺りまで来ると、バイクのエンジン音が止まった。

仕掛けてくるようだ。

もう少し、先に進みたかった。

だが路子はダッシュの心構えをした。

「行けよ」

男の声がした。バイクは二人乗りのようだった。

常夜灯に照らされた歩道に、バイクの後部席から降りた人物の影が映る。

比較的小柄だ。

ヘルメットはフルフェースのようだ。あれで後頭部を頭突《ずつ》きされたら、まずい。人間の身体で、鍛えきれないのが、頭と首なのだ。

路子は前傾姿勢になった。

カツカツカツ、ライダーブーツが近づいてくる音がする。バイクは、後部席の人物を下ろすとそのまま、青山通りに向かって急発進した。路子はそのナンバーを見逃さなかった。しっかり頭に叩き込む。

チクリと左肩に何かが刺さる感触があった。

そう来たか、と思ったときには、左肩全体が硬くなり、動かせなくなった。

「くっ」

路子は右腕で、伸びてきていた相手の手首を掴んだ。逆側に思い切り折る。注射器が歩道に落ちる。注射器にはまだ液体が多く残っていた。麻酔かもしれないが、効果が出るほど打たれてはいないようだ。

「うわっ、痛いっ」

ヘルメットの中で悲鳴が聞こえた。女の声のようだ。ちっ。得意の金玉潰しが出来ない相手だ。

「誰に、頼まれたのよ！」

路子はいったん手を放し、振り返った。

「つるせぇよ。あんたを、やるしかないんだよ」

右手首の激痛に、顔を歪《ゆが》めながらも、女はでたらめに足を振り回してきた。体にフィットしたライダースーツを着ている。色はピンクだ。

女の蹴りが路子の太腿を強打した。

「うっ」

左肩を麻痺《まひ》させられているせいか、いつものような俊敏な対応でかわせなかった。よろめき、歩道に片膝をついた。

「うりゃあ、こっちも後がないんだよ」

女は意味不明な言葉を吐きながら、背中に踵落しを見舞おうとしているのが、歩道に映る影で認められた。

路子は、歯を食いしばり、身体を横にずらした。女の右足の踵が降ってくる。その左足を蹴った。

「いやっ」

バランスを失った女が、歩道に横転する。思わず痛めたほうの手を付いたらしく、悲鳴を上げた。

路子は女の身体に飛び乗った。馬乗りだ。左の肩甲骨《けんこうこつ》のあたりだけが麻痺しているが、不自由はなかった。ヘルメットをむりやり引き抜いた。

女の顔が明らかになった。女というよりまだ少女の顔立ちだった。美形ではある。

「私を誰か知っていてやったの？」

女のライダースーツの中央を走るファスナーの引手に指をかけながら訊いた。通行人はほとんどいなかったが、表参道を車は行き交っていた。女同士の喧嘩とあって、冷やかしのクラクションを鳴らしていく者もいる。

「知らないわよ。とにかく私は、あんたを倒すしかないの」

女の眼はてんぱっていた。

「なんでよ？」

ファスナーを思い切り下げる。ノーブラだった。豊満な乳房が月明かりに映えた。乳首はライダースーツと同じピンク色だった。

「あんたを倒したら、役を貰えるんだよ。これが最後のチャンスなんだよ。頼むから、あんた死んでくれよ」

女は涙目になり、届かないのを承知の上で頭突きを試みてくる。そのたびに後頭部を歩道のコンクリートに強打する羽目になっている。

「わかった、わかった。死んであげてもいいから、話だけは聞かせてよ」

と、その時、彼女を乗せていたバイクが戻ってきた。町内一周でもしてきた感じだ。

そのライダーが、いきなりキャップの開いたペットボトルを二本、投げつけてきた。液体が星空を舞い、降り注がれてくる。

灯油の臭いだ。

路子は女を抱きしめたまま、青山通り側へと、ゴロゴロと回転した。

それでも女のライダースーツと路子の黒ジャケットに、若干かかった。

騒ぎを聞きつけたのか、交差点手前の交番から制服警官が自転車でやってくる。息を切らしながら、ペダルを漕いでいるが、鈍《のろ》い。

路子としては交番前までひきつけたかったのだが、かなり手前でのバトルとなってしまったのだ。

バイクに跨《また》がったままのライダーが、新聞紙にライターで火をつけ放ってくる。歩道上で灯油に引火し、ぼっと炎が上がる。その炎が導火線のようにふたりに迫ってきた。

路子はジャケットを脱ぎ捨て、女のライダースーツを引き剝がしにかかった。

「な、なにすんだよ。中は何もつけてないんだってばっ」

食いつきそうなほど大きく目を見開いている。

「焼死するよりマシでしょうが」

ライダースーツを肩から引き抜きながら諭《さと》す。思い切り腰まで下ろした。陰毛がない。剃っているようだ。

「もう死んだほうがマシよ！」

そういう女の頰にビンタをかまし、ピンクのライダースーツを一気に引き抜いた。そのまま炎の中に放り投げる。炎が大きくなった。

「死んだほうがマシな人生なんてないから」

路子は真っ裸の女を抱きしめた。

ライダーが舌打ちをして、走り去る。

「待って。私にもう一回だけ、チャンスをください」

女が泣き叫んだが、その場でバイクはUターンをすると、明治通りのほうへと消えていった。

「何があったんだ」

自転車を降りた警官が叫んだ。

「何よ、偉そうに。それを調べるのが警察でしょう。さっさと機動捜査隊《キソウ》に連絡しなさいよ。これは立派な殺人未遂よ。さっさと緊急配備《キンパイ》かけなさいよ」

路子は続けてバイクのナンバーを続けた。

「あなたは、刑事ですか？」

二十代半ばに見える警察官が、目を丸くしている。

「違うわよ。イベント会社をやっている者よ。芸能プロモーターとも言うわね。被害者なんだから、もっと鄭重《ていちょう》に扱いなさいよ」

路子は、身分を隠すために名刺を取り出した。

「あの、そちらの方は？」

真っ裸の女を指差して、怪訝《けげん》な顔をした。

「友達。早く、毛布とかシーツとか持ってきて！　聴取はそのあと！　この恰好じゃここを動けないでしょ！」

「は、はいっ」

警察官が、あわてて自転車をUターンさせた。

「芸能プロモーター？　ひょっとして、ルーレット系のライバルっすか？」

裸の女が、目を輝かせた。芸能界で一歩でも上に昇りたい女は、どんな状況でもチャンスを逃すまいと食らいついてくる。相手が敵であってもだ。どうやらこの女も芸能界関係らしかった。

「そうかもね。あなたは？」

「モデルです。といっても今は西麻布《にしあざぶ》の会員制バーで働いているのが本業みたいなものですけど」

その一言で、路子にはおおよそのことは読めた。

「私をやれって？」

「はい。注射を打つだけでいいって。理由は全然わかりません。あなたを意識不明にして、私はそのまま介抱している芝居をしろと。バーによく来る芸能プロの社長に言われたんです」

「どこの事務所？」

『ラスプーチン』。橘《たちばな》さんという社長さんです。ルーレットレコードや大手広告代理店の人と、よく来るんです」

そんな事務所は、聞いたことがない。

「所属タレントは？」

「松園三津《まつぞのみつ》とか野口悦子《のぐちえつこ》って言っていました」

「それどっちも『ハマプロ』の所属でしょ？」

世間一般にそう伝わっている。

「発掘したのが橘さんで、ハマプロに貸し出しているんですって。本籍が『ラスプーチン』で現住所が『ハマプロ』ってことだと」

真っ裸の女は、夢見るような口調だ。確実にこの女は騙《だま》されている。その橘という社長の説明は、芸能ゴロが使う典型的な詐欺口上だ。『あのスターは、本当は自分が育てた』と同じ手口なのだ。

「バイクの男は？」

「今夜、初めて会った人です。橘さんの知り合いのようでした」

いずれ半グレとかそんなところだろう。

ここから、何かが見えてきそうだ。

「警察には被害者で通して。私がうまくカバーするわ。まだ諦めるのは早いわよ。捨てる神あれば、拾う神もあるって言うでしょ」

「あの、拾ってもらえるんですか。私、大泉理恵子《おおいずみりえこ》といいます。二十二歳です」

「いろいろ白状してくれたらね」

「事情は、本当に知らないんですけど」

理恵子という女は、困った顔をした。正直ではあるらしい。

芸能人になろうとしている者が、悪党どもの餌食になっていることは多い。これもまた特殊詐欺のひとつではないだろうか。

「あなたがいたバーで出会った人たちの話を聞かせてくれたら、いいわ」

「わかりました。お姉さん、私、女優になれますよね」

熱いまなざしを向けられた。

「いまはまだ、なんとも言えない。努力と才能だけじゃ開かない世界だから。運しだい。

けれども、これも縁ね。チャンスのひとつぐらいあげられると思う」

「私なんでもします！」

理恵子が真っ裸のまま大きな声で言う。こういう娘《こ》が一番、悪党に利用されやすい。けれども、いまは、役に立ちそうだ。路上に落ちたままの注射器は、踏み潰しておいた。

警察官が自転車ではなく、今度はパトカーでやってきた。渋谷南署に保護されることになった。

路子と理恵子は友人を装い、いきなり暴漢にあったと説明した。

バイクは盗難車であったが、元の所有者自体が、立川《たちかわ》の暴走族だった。おそらく事前に盗難届を出していたに違いない。

六本木界隈で最近名をあげだした半グレ集団『テリーズ』に連なる暴走族だった。

芸能事務所の『ラスプーチン』と半グレの『テリーズ』。この辺を洗うと、正宗や深澤とつながってくるようだ。

路子が襲われたのが、なによりの証拠だ。

第二章　フェイク・パフォーマンス

1

「うまいわね。やっぱりプロは違うわぁ。もう一曲、お願い」

女医の清水谷多香子が、わざわざステージサイドまで寄ってきて、指を一本立てた。

美奈は『マイ・フェイヴァリット・シングス』を吹き終えたところだった。

恵比寿《えびす》にあるジャズクラブ『ブルーライト』。

半円形のステージを取り囲むようにマホガニーのダイニングテーブルが並んでいる。少し年季の入った白い壁には、同じサイズの額縁に入った往年のジャズプレイヤーのモノクロ写真が、等間隔で並べられていた。無造作ではないところにこの店のオーナーの几帳面《きちようめん》さが窺《うかが》える。

客の年齢層の幅は広そうだ。高級スーツを纏《まと》った丸の内のサラリーマンやOL風の若い客から仲睦まじそうな中年夫婦までさまざまだが、いずれも身なりはきちんとしている。富裕層ばかりのようだ。

多香子と最初に出会った、六本木のレゲエクラブとは、雲泥《うんでい》の差である。

「照れくさいですよ。それにバンドの皆さんに、ご迷惑かも」

美奈は謙遜《けんそん》した。ドラム、ピアノ、ベース、ギターのカルテットのメンバーは、いずれも六十代で年季の入った音を出している。

毎日、同じメンバーが同じ店でプレイしているので、音の反響も客の好みも知り尽くしているプレイヤーの出す音ほど安定しているものはない。

技術レベルが高いとかグルーブがあるとか、もはやそういうものを超越した、その店でしか聴けないアンサンブルを醸《かも》し出すのが、いわゆるハコバンの凄みだ。

そう、凄みのある音、というのがふさわしい。

ワンステージ三十分。一夜に三ステージ。バンドマスターのピアニストが、その場の雰囲気に応じて自在に曲順を組み立てている。音で客を転がしている感じだ。

そんな中に飛び込まされた美奈は正直、面食らっていた。

「いや、お嬢ちゃんの音には清涼感がある、我々には新鮮だよ。迷惑なんかじゃない。それに、お客さんがやってくれと言っているんだ。ワンステージ、まるまるいこうじゃないか」

銀髪とタキシードがよく似合うバンマスも、背中を押すように言う。

「バンマス、いいね。ワンステージまるごと、堀ミーナのアルトサックスなんて、いずれこのクラブの伝説になるかも」

最前列のテーブルに座っている三華物産の秋元直樹が、同席している男の背中を叩きながら煽《あお》り立ててくる。

秋元はこのクラブの常連ということで、オーナーやバンドと交渉してくれたのだ。

「彼と一緒にいるのは、いま同じプロジェクトを組んでいる広告代理店の媒体部担当。テレビ局の編成に圧力をかけられる人よ。ミーナ、音楽番組とかに出られちゃうかも。そしたらレコード会社なんて簡単に決まるわよ。鈴木《すずき》君は雷通《らいつう》なんだから」

多香子に背中をバンと押された。

「えっ、あの……」

そんなつもりはありません、とつい本音を漏らしてしまいそうになったが、寸前で止めた。危ないところであった。

堀ミーナは、一流のサックスプレイヤーを目指す、夢見る若者でなければならないのだ。

「……何を吹いていいのか……」

そう言葉を繋ぎ、グランドピアノの前に座るバンマスを見やった。

「お嬢ちゃんのイメージと思い切りギャップのあるナンバーがいいかもしれないな」

銀縁眼鏡《ぎんぶちめがね》の奥で目が光った。酒場のバンドマンの挑戦的な目だ。

「と、いいますと」

「サム・テイラーの『ハーレム・ノクターン』はどうだい？」

凄《すご》いところを突いてきた。テナーサックスの定番ナンバーとされるが、警視庁音楽隊では、まずやらないナンバーだ。

ニューヨークのハーレムをイメージしたナンバーで、むせび泣くような独特な頽廃感《たいはいかん》が漂う名曲だからだ。

そして、この頽廃感を出すのが難しい。

小娘が、しかもアルトサックスで、手を出せるようなナンバーではない。ただし、サックス吹きとして、メロディはいちおう頭に入っている。

「アルトでは軽すぎませんか？」

いちおう抵抗を試みた。

「いや、アルトでやるから面白いんだ。テナーだと熟女の喘《あえ》ぎ声が聞こえてきそうだが、アルトだと、美少女がひとりでアレしているような音になるんじゃないかね。なぁ、お嬢ちゃん」

そこでドラマーがドスンとバスドラを鳴らした。

揶揄《からか》われている。美奈はそう思った。

生活を賭けて、毎日を演奏しているバンドマンの意気地《いくじ》のようなものを感じた。公務員という安住の地でサックスを吹いている美奈の音色を、彼らはお嬢様芸と見抜いているのだ。

三十人ほどの客が、固唾《かたず》をのんで、ステージのやり取りを凝視《ぎょうし》していた。

逃げてはいけない。美奈はそんな気がした。

本来のプレイヤーのあり方は、セッションのバトルで勝ち抜くことだ。喧嘩上等。つわものプレイヤーを打ち負かしては、名を上げていく。

そういった意味でフリーのミュージシャンは、路上のファイターと変わらない。

即興演奏で競い合う本格的なジャムとは異なるが、リハーサルなしのぶっつけ本番という意味では、バトルに近い。

「わかりました。勉強させてもらいます」

美奈が申し出を受けると、バンマスがただちにカウントを取った。

……2・3・4
ピアノのイントロでキーを確認し、最初のフレーズを吹いた。

エロティックで悩ましいメロディだ。上擦《うわず》らないように、慎重に間を取った。背後のフォーリズムの音を手繰《たぐ》らないようにした。

主役はサックスなのだ。浪花節《なにわぶし》のように自分の節で吹く。

身体を少し横に向けて、バンマスと目を合わせた。バンマスも美奈を見ていた。小さな火花が散った。

オクターブ上げて、同じフレーズを繰り返す。

自分でも驚くほど、高音が伸びたが、むせび泣くような哀感は出ない。経験不足は歪《いな》めない。

だが客席が静まり返った。

目の前の席に座っている秋元とその連れ、そして多香子も驚いたような顔で、美奈を見上げている。

話し声はもとよりグラスの氷を掻き混ぜる音すら消えている。美奈は、得も言われぬ高揚感に包まれた。

サビに入る。

思いのままに吹いた。

ハーレムの夜空を見上げている気分で、奔放《ほんぽう》に吹いた。

すっとバックの音が低くなった。思わずバンマスを見た。バンマスの目が穏《おだ》やかになっている。顎《あご》をしゃくられた。そのまま駆け上がれ！　と言っているように感じた。

音楽をやっている者同士の呼吸だった。

美奈は、手を高く、高く、伸ばすように吹いた。つま先を上げ、夜空の星を摑めるほど手を伸ばす。もう上がらないというキーまで来て、そこでリフを繰り返した。テナーサックスのような重みは出ない。帝王《ザ・マン》サム・テイラーのような凄みもないリフだった。けれども、もっともっと高く、もっともっと遠くへ行きたい、という背伸びをする若者の心境は出せていると思う。

いっぱいいっぱいになったところから、急降下した。このナンバーの最後の聴かせどころだ。サムをはじめジャズの巨匠たちは、このラストを膨《ふく》れ上がった風船が、ゆっくりと萎《しぼ》むように吹いていく。そんな芸当が美奈に出来るわけがない。

美奈は軽やかに降下した。

仕事が終わって、階段を駆け降りるような軽やかさだ。

こんな『ハーレム・ノクターン』はないと思う。

吹き終えて、リードから唇を離す。バックの四人が、素早くエンディングを合わせてくれた。

拍手が沸き上がった。

「好きな曲を吹いてくれ。こっちが合わせる」

バンマスのそんな声が飛んできた。美奈は右足でカウントを取った。

ニューヨークのため息と異名をとるヘレン・メリルの名唱で有名な『ユード・ビー・ソー・ナイス・トゥ・ホーム・トゥ』を吹く。

父親が好きな曲だった。

歌えはしないが、アルトサックスでは、ため息の感じが出せる。バックも軽快についてきた。シンガーがいないステージでは珍しい選曲なので、バッキングしていても軽快なようだ。

いよいよグルーブが出てきた。

ジャム・セッションっていい。

最後はジャズの定番中の定番『アズ・タイム・ゴーズ・バイ』で締めた。映画『カサブランカ』の挿入歌としてあまりにも有名な曲だ。

ジャズクラブに来るような客なら二曲とも聴きなれた作品であったはずだ。拍手が続き、秋元がアンコールをはやし立てたが、美奈はきっぱりと拒否するように、サックスをスタンドに置いた。

「お付き合い、ありがとうございました」

客席とバンドに深々と頭を下げ、ステージを降りた。

すぐに多香子が駆け寄ってきた。

「ミーナ、凄いよ。あなた才能あるっ。直樹が、雷通の鈴木君にプッシュさせるって。ねえ、ミーナ、あんた、うちらの仲間に入んなさいよ」

多香子がそう言って、また美奈のヒップを撫でてきた。量販店で購入したホワイトジーンズだった。多香子のサマードレスは高級ブランドだ。

「はい。でもみなさんのようなセレブと、私では、釣り合わないですよ。着ている洋服からして違いますから」

気後れしている様子を出した。事実だから簡単だった。これまでの生活であれば、女医や一流商社マンと一緒に遊ぶことなどないだろう。

「お金の作り方も教えてあげるよ。私たちだって、給料だけで遊んでいるわけじゃないから」

多香子が含み笑いをした。美奈も心の中で、含み笑いをした。

どうやら、六本木の遊び人たちの懐に、さらに深く入ることが出来そうだ。客席の後方にひとりで座っている相棒の森田も、満足そうにビールを飲んでいた。

2

「度胸がつく上に、お金が貯まる仕事。やってみない？」

信濃町《しなのまち》の大学病院の屋上で、白衣を纏った多香子にそう切り出された。これで彼女が、本当に医者だということは裏が取れた。白衣の胸に『消化器内科・清水谷』のプレートが張り付いていた。

「そんな仕事があるんですか？　私、無修正動画でセックスとか絶対にしませんよ」

美奈は、頬を紅潮させて訴えた。

度胸とお金が貯まるのキーワードで、美奈が連想した仕事は、まずAV女優だった。

「ばかね。そんな仕事を斡旋《あっせん》するわけないでしょう。あなたは未来のスターミュージシャンよ。エロ動画で顔をさらしてどうするのよ」

多香子はコーヒーの紙コップを持っていた。キャラメルラテの香りが朝もやのかかった空に舞い上がっていく。　当直明けということだった。　夜の街で見た表情よりも、凛としていた。

「でしたら、それはどんな仕事なんですか？」

美奈は、ペットボトルのミネラルウォーターを握りしめた。

「とはいえ、多少は、ヤバい仕事よ」

多香子が声を潜めた。大通りから大学病院の駐車場に入ってくる救急車のサイレンの音が聞こえてきた。

「死体遺棄とかですか？」

思わず、そんな言葉を吐いた。

「ミーナ、病院でなんてこと言うのよ！」

多香子の眼が吊り上がる。

「すみませんっ。ヤバい仕事と救急車のサイレンの音が重なったので、なんとなく口をついてしまいました」

美奈は、何度も頭を下げた。確かに不謹慎《ふきんしん》すぎた。

「受け子よ。それも第二走者」

多香子が早口で言った。

「はい？」

美奈は、思わず目を見開いた。わかるようでわからない内容だ。第二走者？　これがわからない。

「単純な仕事よ。指定された場所で、待っているだけでいいの。そこに誰かがやってきて、なんか渡される。あなたはそれを、また誰かに渡すだけ。距離は短ければ一キロ以内。長くても電車で二駅よ」

「それって……」

特殊詐欺の受け子ではないかと言おうとして、唇が震えた。

その情報を得るために、六本木に潜伏し始めたのだが、まさか情報を得ようとした、とっかかりの相手から、ダイレクトに受け子を依頼されるとは思ってもみなかった。

「全体の構図としてはヤバい仕事だけど、部分的な役目だけならまったく安全だわ。中身は、いろいろだけど、知らないほうがいいよ」

多香子は慣れた口調だ。

「いや、なんて答えたらいいのか……」

美奈は押し黙った。

即座に拒否したら、空から振ってきたような糸がぷっつりと切れてしまう。だが、尻尾を振って飛びつくのも、不自然すぎるだろう。

「この仕事、向いている子とそうじゃない子がいるのよ。私、あなたは向いていると、見込んだんだけどな」

「ど、どうしてですか……」

　美奈はペットボトルのキャップを開けミネラルウォーターを一口飲んだ。東の空の雲の切れ目から、太陽の強烈な光が差し込んできた。

「人前に立っても堂々としていることに、慣れている感じだから」

「えっ」

　美奈は一瞬、動揺した。刑事であることがバレているのではないか、と不安になった。

「ミュージシャンとかモデル、芸人って、見られることとか別な人間になり切ることに、慣れているじゃない。普通の子だったら、ドキドキしちゃってうろたえる局面でも、ステージに上がっていたことのある子は、堂々とできちゃうのよね」

「そういうものですか?」

「おとといの夜にステージに上がったあなたを見て、確信したわ。使えるって」

　最初からその角度で探っていたということか。そうであるとすれば、三華物産の秋元直樹も仲間ということではないか。

「あの……多香子さん自身も、そういうこと、やっているんですか？」

おそるおそる、という感じで訊いた。

「ノーコメント。でもかかわっているのは事実。驚いたでしょ」

多香子が悪戯《いたずら》っぽく笑う。

「驚きです。女医っていう仕事に就いているのに、どうして……」

普通にそう思った。

「バカにはできない仕事だから」

ウインクされた。

「ねえ、やってみる？　それともパスする？　パスした場合、六本木で会っても、二度と口きかないし、あなたの夢にも協力できない。たとえば恵比寿の『ブルーライト』は出禁ね。直樹もがっかりするでしょうね」

多香子が空に向かって言った。明らかに脅しだった。

「私が、へまやったら、迷惑がかかりませんか？」

「その場合は私の自己責任よ。だから、慎重に人選しているつもり」

「はい……、それなら」

美奈は不承不承《ふしょうぶしょう》という態《てい》をとって頷いた。

「やっぱり仲間になれたね」

言うなり多香子がハグしてきた。ホワイトジーンズの尻を撫でまわされる。

「いやっ、あの、私……」

「ミーナ。私のアソコを触って。白衣の中は下着だけだから、ショーツの上からそっと撫でて。それだけでいいのよ」

耳もとで、上擦った声で言われた。

「いやいやいや……私、ストレートですから……」

ためらっていると、いきなり手首を握られ、白衣の中に導かれた。

――あれれ。

人差し指にヌルっとした感触があった。ショーツなんかつけていなかった。美奈は生涯で初めて同性の淫処《いんしょ》に触れた。異性だってふたりしか触れていない。

「あんっ、そこをぐっと押して」

多香子が腰を少し落としてくる。ズルズルっと、人差し指が、女の泥濘《ぬかるみ》に嵌《は》まっていく。

「あっ、いや……ひゃはあ」

すっぽり指の根元まで収まったところで、多香子が膣壺をぎゅっと締め付けてきた。同時に多香子が真顔になった。

「これがうちら流の握手。ハンコの代わりに指をついてもらったってわけ。いいわね。仕事は、今夜連絡するから」

膣の襞を波打たせながら、そう詰め寄られた。美奈は頷くしかなかった。

3

翌日、午後二時。

美奈は東急田園都市線《とうきゅうでんえんとし》『用賀駅《ようが》』近くの歩道で待機した。

暗雲が垂れ込めてきていて、いまにも雨になりそうな気配の午後だった。

多香子の指示通り白のブラウスにグレイのビジネススカート。それに二子玉川《ふたこたまがわ》の老舗百貨店の紙袋を提げていた。中身はクッキーの詰め合わせ菓子箱だ。

その服装も百貨店の紙袋を待つことも、多香子に命じられたことだった。

待つのは十五分間だけで、その間に声を掛けられなければ、帰っていいということだった。

駅の真上には巨大なビジネスタワーがあるが、その一角を除くと、この辺りは大半が住宅街だ。古くからの戸建て住宅や、小ぶりなマンションが多い。

美奈は腕時計を見た。まだ五分しか経っていなかった。駅前の交番では地域課の警官が、時折外に出てきて、辺りを見渡している。ひとりしか見えない。他の警官は巡回中なのかもしれなかった。

そこへパナマ帽を被った中年の男がやってきた。パナマ帽を軽く上げ、警官に何か訊いている。たぶん道でも訊いているのだろう。

警官がパナマ帽の男とともに、交番内に入っていった。交番では地図を広げて説明することがよくある。美奈にも経験があった。

交番の中に消えていくパナマ帽の男の横顔が見えた。何となく見おぼえがあった。あくまでも何となくだ。ごく最近見たことがあるような顔だ。だが思い出せない。

それが重要なことなのか、それともどうでもいいレベルのことなのか。その辺もあやふやで、じれったい思いだ。

「中村《なかむら》さん。こんなところでなにしてんのさ」

記憶の奥底を懸命に探っていた瞬間、真横から声がした。そうだ、いまの自分は中村なのだ。

「あっ、田中《たなか》先輩、遅いじゃないですか」

そう答えることになっていた。目の前の田中先輩は、明るいブルーのビジネススーツを着こんだ中肉中背の男だった。おそらく二十代前半。

「ごめんごめん。あっ、そっちもヨックモック買ってきたんだ」

と言って、田中先輩は自分の持っていた百貨店の紙袋を、さりげなく差し出してきた。同じ大きさだった。美奈も自分の提げていた紙袋を掲げる。

田中が素早く交換した。

「じゃっ、そんなわけで、明日また社で会おう」

田中はそのまま前方に歩いて行った。玉川通りに続く道の方向だ。

美奈は受け取った紙袋を提げたまま用賀駅へと向かった。

改札へ向かう階段を下りる。改札をくぐり、下り線のホームへと出る。すべて、多香子から指示された通りの行動だ。先頭車両が来るべきホームの最先端に立つ。

二分ほどで電車がやってきた。

すぐに乗り込んだ。

背後から少し太めの中年女性が入ってくる。

「中村さん？」

「あら、高畑《たかはた》さん」

これが合言葉だった。

美奈は百貨店の紙袋を動き出した電車の床に置いた。高畑さんがさりげなく拾い上げた。彼女が第三走者だ。

「お姉さまはお元気?」

聞かされていた通りのことを言ってきた。高畑さんは、横浜元町《よこはまもとまち》に本店がある高級ストアの紙袋を床に置く。乾燥パスタとトマトソースの瓶。それにワインが詰め込まれているのが見えた。さらにその下にはナイロンの小さなバッグ。

「はい、小母《おば》さまとお茶をするのを楽しみにしていましたよ」

昨夜《ゆうべ》一晩かけて暗記したセリフを言いながら、高級ストアの紙袋の取手《とって》に手をかけた。さすがに指先が震える。

ふとこの時、パナマ帽の男のことを思い出した。

一昨日、恵比寿のジャズクラブ『ブルーライト』の客席にいた男だ。そして、いま目の前にいる高畑さんが一緒に座っていた。ジャズが好きな仲睦まじい夫婦のようだったので、覚えていたのだ。

ふたりとも美奈がサックスを吹くステージを観ていたことになる。

なるほど、相手のほうから声をかけてくる、と多香子が言っていたわけだ。

さしずめ、用賀駅前で出会った田中先輩も、あの夜、美奈の容姿を確認していたに違いない。

あれは顔見世《かおみせ》興行だったということだ。

美奈は愕然《がくぜん》となった。

となると、パナマ帽の男は交番での様子見役だ。一一〇番電話を受けると通信指令センターから関係各所に連絡が入る。最寄りの交番にも当然連絡は回る。

そのチェックをしているのだ。

じきに電車が地上に上がった。田園都市線は、二子玉川から地上線に変わるのだ。美奈が一時間前にクッキーを購入した百貨店が見えてくる。

百貨店が雨に煙って見えた。まだ梅雨は明けてないようだ。

「お姉さまとご一緒に、またぜひ」

笑顔を絶やさない高畑さんと一緒にホームへ出た。高畑さんは、出口へと降りる階段へ向かう。

美奈はホーム逆側に停車中の大井町《おおいまち》線の電車に乗り込んだ。自由《じゆう》が丘《おか》で下車し、トイレで着替える。

紙袋の中、パスタやワインボトルの下に隠されていたナイロンバッグには、白の半袖ポロシャツにチェック柄のサブリナパンツが入っていた。ポロシャツにはタツノオトシゴの手縫いの刺繍が入っていた。

着てみると、Sサイズがぴたりとフィットした。

白のブラウスとグレーのビジネススカートは、ナイロンバッグに放り込んだ。

そのまま東横《とうよこ》線に乗り、終点の『元町・中華街駅』で降りる。小雨の降る中、元町のショッピングストリートの雑踏に紛れ込み、手にしていた紙袋のスーパーに入る。

一九五八年に創業したこのスーパーは、なんどかリニューアルされているが、もともと外国人向けだった垢抜けした感じは今も十分感じられる。

二階のカフェに入る。

窓際の奥の二人掛けテーブルに座った。通りを見下ろすと、カラフルな傘が行き交っており、ミュージカルでも観ている気分になった。

ココアもおいしいと聞いていたので頼んでみた。

二分後。

「ハマトラの定番もわるくないでしょ」

サングラスをかけた多香子がやってきた。同じブランドのワンピースにサマーカーディガンを着ている。手にはジンジャーレモンのグラスを握っていた。なんともお嬢様風だ。

レゲエクラブ、ジャズクラブ、大学病院と会うたびにファッションが変わり、同時にその表情も別人のように変化する。

「あっ、これでよかったんでしょうか」

美奈は訊いた。

「ばっちりよ。紙袋は高畑の小母さまから、第四走者に渡って、もう本部に到着したって。はい、これバイト代」

多香子が封筒を差し出してきた。

「あっ、はい」

突き返すわけにいかないので受け取った。

「第二走者、第三走者は安全ぶんだけ少ないの。今日はこんだけ」

多香子は指を三本立てた。

「ありがとうございます」

美奈は頭を下げた。本音としては、どんな相手から、いくらぐらいせしめたのか、いくつか訊きたかったが、止めた。

『潜入捜査の基本は、絶対に焦らないことだ。結果をすぐに求めず、相手が喋るまで、自分からは何も言うな。人は喋るほどに、相手に情報を渡すことになる』

オリエンテーションの際に森田から散々聞かされている。

「何度か、二走と三走をやってもらいたいんだけどいい？　これ一回は少ないけど、毎日あるし、慣れてきたら一日二度稼働してもらうこともある。お金貯まるわよ」

多香子は、ジンジャーレモンのストローを咥えながら、周囲をまったく気にせずに言っている。

誰が特殊詐欺の受け子の相談だと思うだろうか。

「いや、もう緊張しっぱなしで、心臓が爆発しそうですよ」

あえて大げさに言う。

「そう思うのは初日だけよ。二度目からは落ち着き、三回やれば誰でも慣れてしまうわ」

「そういうものでしょうか……私、捕まるような気がして、まだドキドキしています」

「捕まらないわよ。そう思い込みなよ。あなたの役目は、最初にターゲットに接触した第一走者を逃すこと。そして、素早くバトンを繋げるだけ。この間は、前にも言った通り、せいぜい駅ひとつ。うちらのやり方は、けっしてひとりのバトンを長く持たせない。だからみんな怖がらずに出来るわけ」

雨が上がり、元町の空に虹がかかった。

「そうなんですね」

確かに、あっと言う間に終わった。美奈が田中から受け取ったバッグを持っていたのは、十分程度だ。

待っている時間と手放してからの行動のほうが長かった。

ということは、第三走者の高畑さんもすぐに、最終走者に渡したのだろうか。そして、最後はどこへ向かったのか。

それらのことが頭の中で渦巻いた。

そして一番気になることがある。

特殊詐欺のターゲットの選定である。

美奈は昨夜遅くに、電話で用賀駅前で待機するように言われた。その時、すでに用賀駅付近のターゲットが決定していたことになる。

ほぼ間違いのない相手を選定していたことになる。

その絞り込みの手法を知りたい。

「あんまり深刻に考えないでよね。ミーナに、あぶない第一走者や第四走者を頼むことはないから。あくまで中間役《パイプ》。それも短期間だけ。一年遊んで暮らせるお金が貯まったら、音楽に集中しなさいよ。そっちで有名になったほうが大きいじゃん。いまはまずお金を貯める。それから名をあげる。成功しちゃったら、勝ちよ」

多香子がげんこつを突き出してきた。

「ですよね！」

美奈も拳を出して、ぶつけ合った。膣穴に指を入れる握手よりも爽快だ。

そして思った。

これがもし、警察官としてではなく音楽大学の学生として多香子と出会ったとしたらどうだろう。

本気で、特殊詐欺の片棒《かたぼう》を担ぐ仕事に関わっていたかもしれない。

夢とか希望は、時に人を変えてしまうこともある。

どうしても手に入れたいもの、叶えたいことが目の前にぶら下がった時、人は善悪すら見えなくなるのではないのか。

特に、それが運の力が大きい事柄だった場合、なおさらだ。

「ねぇ、今夜はこの代官坂《だいかんざか》のダンスホールに行こうよ。ビッグバンドよ。どぉ」

多香子がスマホをかざして見せた。

大きなステージに赤いピアノが置いてある写真だった。

その店なら知っている。警視庁音楽隊のメンバーの間でも有名な、戦後間もなくからあるダンスクラブだ。

「えっ、そんなすごい店にですか」

「いまどき、ビッグバンドがハコで入っている店なんかめったにないから、見学しておくべきよ。おごるわよ」

嬉しい誘いだった。

音楽が間にあるほうがコミュニケーションが取りやすい。

美奈は大きく頷いた。

4

「私の夢は、女優になることなんです。それ以外、考えられないです」

大泉理恵子は、そういうとウォッカ・コリンズのグラスを押しのけて、カウンターにうつ伏してしまった。

五人座れば満席になる程度のカウンターだった。テーブル席はひとつしかない。

竹下《たけした》通りの脇道、裏原宿《うらはらじゆく》と呼ばれる一帯のはずれにある小さなバー。アパレル業界やコスプレイヤーなどが集《つど》う店らしい。理恵子は常連だそうだ。

表参道で襲撃され後、渋谷南署で聴取に協力させた。理恵子が路子を襲ったのではなく、一緒に歩いていたところを、共に襲われたと偽証した。

まずは理恵子の信用を得なくてはならない。その後は、大手町《おおてまち》のビジネスホテルで二日ほど休養させた。路子も隣室に控えた。

転機が訪れたことを、本人に自覚させるために、あえてあまり会話をせずに放っておいた。

これまで所属していた事務所について密告することは、おそらく相当な勇気がいるはずだった。

路子は、話を聞くために、彼女にもっとも居心地がいいという店を選ばせた。それがこの店だった。

「煙草、吸っていい?」

路子は、カウンターの中にいる女バーテンダーに訊いた。黒のざっくりとしたワンピースにアッシュブラウンのボブカットのバーテンダーだ。手首にエンゼルのタトゥ。尖った印象を与えるが、口調は穏やかな女だった。

「もう遅い時間だから、構いませんよ。けれど他の客が来たら控えてください」

そう言い自らも、バージニアスリムを一本咥えた。

路子がラッキーストライクを咥えると、女バーテンダーが、すっとライターの火をかざしてくれた。

「ありがとう」

路子は一服しながら、小刻みに震えている理恵子の背中を撫でてやった。

「でもね、いかに夢を叶えるためでも、傷害や拉致《らち》に手を貸しちゃだめよ。もちろん枕営業もね。そんなことしたら、有名になってからも、ずっとその過去に怯《おび》えることになるんだよ」

かつて芸能界の女帝といわれたジャッキー事務所のエリー坂本が言っていた言葉を伝えた。ジャッキー事務所は、男性アイドルばかりの事務所だが、オーディションは小学生高学年が中心で、その年代からジュニアとして養成する。

囲い込みと非難されることも多く、またアイドルとして純粋培養しすぎるために、退所後、社会についていけず路頭に迷う者もいる。

だが、思春期の一番情緒不安定な時期をジャッキー事務所は、外敵から護《まも》るようにして育成する。

エリーはじめジャッキー事務所のスタッフたちは、いずれも親であり教師としての役目を果たしていたのだ。

そこに強固な絆《きずな》が生れ、ジャッキー事務所はタレント、スタッフはもちろんファンにまで家族意識があると言われていた。

女帝エリー坂本が、昨年逝去《せいきょ》した後も、その精神は長男譲治によって受け継がれているはずだ。

「だけど、黒須さん、私、もう二十二歳なんですよ。後がないんですよ。これでもう、西麻布にもどれないし……」

理恵子がヒックヒックとしゃっくりをしながら、かぶりを振っている。

「ごめん、この子に温かい飲み物あげてくれない。冷たいウォッカを飲みすぎたんだわ」

路子は、女バーテンダーに頼んだ。

しゃっくりを止めるのにも温かい飲料は有効だが、人は辛《つら》いとき、とにかく喉と胃袋をホットにするに限る。

「はい、じゃあ、カモミールティーでも淹《い》れます。私はマリっていいます。この子らの姉貴分みたいなもんです」

マリがカウンターの下から茶葉の入った瓶を取り出し、ティーサーバーにセットし始めた。

「最初に入ったタレント養成所の同期はどんどんデビューしているっていうのに、私だけまだ、接待要員から抜け出せないって、何でですかね？」

理恵子がカウンターを拳で叩く。

「その嫉妬が、焦りを呼ぶんだわ。それで才能ある子も自滅する。ありがちなんだよねぇ〜」

路子は手のひらで理恵子の頭を軽く叩《はた》いた。

「えっ？」

理恵子が驚きの表情を浮かべる。

「タレントとして成功する極意はね、ライバルへの嫉妬をなくすこと。それが一番の早道」

路子はきっぱりと言った。

なんのことはない。エリー坂本の座右《ざゆう》の銘《めい》の受け売りである。

「黒須さんて『ラスプーチン』の橘社長と真逆のことを言いますね」

理恵子の所属しているという芸能事務所『ラスプーチン』の社長は、ホームページで確認したところ橘真琴《まこと》という。四十二歳だ。五年前までは六本木のキャバクラの店長で、その店のキャストのひとりがアイドルユニットにスカウトされたことから、芸能界に転身している。アイドルユニットはルーレットレコードの所属だ。

「橘社長は、嫉妬に燃えろとでも言っていたの？」

「はい、その通りです。芸能人はすべてがライバルだ。所属タレント同士でも仲良く口を利いてる間は、絶対に芽が出ないもんだ。蹴落とすぐらいの執念がないと、スターになんかなれるもんじゃないって。毎日のようにそう発破《はっぱ》を掛けられていました」

理恵子が一気にしゃべった。

なるほどマインドコントロールするには、最適な指導方法だ。路子は、やれやれと思った。手間がかかりそうだ。

ちょうどそこに、マリがカモミールティーを差し出してくれた。典雅な香りだった。

「まず、飲んで」

「はい」

理恵子が一口飲み、大きくため息をついた。少し気分が変わったようだ。

「あのね。前にも話したけど、この商売は、ほとんど運なの。嫉妬で運が切り開けると思う？」

「違うんですか？」

「違う。絶対に違う。嫉妬は負のエネルギーだからね。自分をも滅ぼしちゃう。だいたい、嫌いな奴というのは、永遠に出現するのよ」

路子は煙草の煙を大きく吐き出し、話をつづけた。

「理恵ちゃんさ。芸能界のスカウトマンやテレビのプロデューサーが新人を見るときの一番の判断基準って何だと思う？」

謎かけふうに訊く。考えさせることも大切だ。

「その子のやる気じゃないですか」

理恵子が即答してきた。

「ハズレ。きっとそう教え込まれたんでしょう」

「はいっ。でも当然じゃないですか。やる気のない子は、要らないでしょう」

「そうでもないの。スカウトやプロデューサーは、有名になりたい子を見飽きているし、うざいと思っている。芸能界に興味のない子のほうに新鮮さを感じるのよ」

「なるほど！」

と手を打ったのは、理恵子ではなく、カウンターの向こう側に立つマリだった。

「えっ、マリさんもそう思うの？」

理恵子が顔を向けた。

「だって、スターになった人って、たいがい自分自身ではオーディションを受けたりしていないじゃない。兄弟姉妹や友人の付き添いで行ったら、自分がスカウトされたって、よく聞く話よね」

マリが目を輝かせながら言っている。

「そうなのよ。スターを目指している人って嫉妬深い。そういう人って売れても面倒くさいの。長年スタッフをやっている人はみんな知っている。だから、避けようとする」

路子はジャッキー事務所の二代目社長、坂本譲治から最近聞いた内容を、まるまる伝えた。これでもイベント会社を運営するようになってから、積極的に学んでいるのだ。

もっともまだ付け焼刃の感は否めないが。

「それじゃぁ、私は……身体まで張って、プロデューサーに気に入られようとしてきたのに」

理恵子がわっと泣き出した。

憐れでならないが、正確な情報を与えるのが正義だと思った。

「寝た子を起用するプロデューサーはまずいないし、大切なタレントを接待要員にする事務所の社長もいない。枕要員は、使い捨てよ。理恵ちゃんもどっかで気づいていながら、しがみついていたんでしょう。その証拠に、とうとう刃傷沙汰《にんじょうざた》まで請け負わされた……」

追い打ちをかけるように言ってやる。

「そんなぁ、私、そしたら、もう再起不能じゃないですか！」

さらに大声をあげて泣いた。

こういう場合、泣きたいだけ、泣かせるのがいい。明けない夜がないように、涙もいずれは涸れる。そのとき人は、やっと我に返るのだ。

カウンターの中で、マリが自分用らしきグラスをとってラム酒を注いだ。マイヤーズラムだ。ソーダで割っている。湿った夜の気配を追いやるようないい匂いがした。南国の香りだ。

「この店に来る子たちって、みんな一生懸命すぎるんですよ。女優になりたい子も、デザイナーになりたい子も、みんな必死。なんとかもがいて、自分の夢を掴もうとしている。私は、そんな子を応援したくなるんですが、プロの目から見て無駄なんでしょうか？」

マリが醒めた表情でグラスを口に運んだ。

「マリさん、それはこの店では、みんな本当の笑顔を見せていたってことですよ。ところが、一歩ここを出ると、世間やライバルに敵意を剝《む》き出しにしていた。いや、そうしなければならなかったのでしょうけど。ゼロからスタートすればいいんです。人生に遅すぎることなんてないんです。リセットすればチャンスはあるわ」

路子は煙草の先を灰皿に押し付けた。

「黒須さん、ラムでよかったら、一杯おごります。妹分のために……」

マリが、ラムソーダのグラスを差し出してくれた。

「ありがとう。安請け合いは出来ないけれど、映画の脇役を一本用意したわ。理恵ちゃんが、ナチュラルな表情になれたら受かると思う。でもがっついたら、落とされると思う」

ジャッキー事務所の若手俳優が主演するハードボイルド映画の役をすでに、一つ分けてもらっていた。相手役ではないが端役《はやく》でもない。セリフも多い探偵事務所の秘書の役だ。

「ホントですか！」

理恵子が突然、真顔になった。泣いていた赤ん坊が、突然笑ったような表情だ。

「だから、そのがっつき止めて。私でいいですか？　みたいな顔になって」

そう注文をつけた直後だった。

店の扉がいきなり開いた。

「いらっしゃいませ！」

マリが陽気な声を上げたが、扉の向こう側から飛び込んできたのは、客ではなく、火炎《かえん》瓶《びん》だった。コーラの瓶に灯油を入れ、口から入れた布に油を浸した簡易的なもののようだ。それも二本。アルコールランプのようにオレンジ色の炎を上げている。

「ふたりとも動かないで！」

路子は飛び出した。炎の出たままの瓶を握って、外に飛び出した。石畳のような通りに思い切り叩きつける。派手な音を立ててボトルが割れた。

火の手は一瞬広がったが、夕方からの雨で濡れた路面が鎮火の役目を担ってくれた。

「このくそ女が！」

ビッグスクーターに乗った男が、注射器を掲げて迫ってきた。また注射器だ。

路子はしゃがみこみ、割れたボトルの破片を握った。

突っ込んでくる男のヘルメットにボトルの下三分一ぐらいを叩きつける。

「わっ」

あわててステアリングを切ったスクーターは電信柱にぶつかった。片手をあげたままだった。

路子はその手から注射器を奪った。

「てめぇ、絶対に殺されるからな」

男はスクーターを立て直すと、一気に加速して竹下通りのほうへと消えていった。雨のせいもあり、日ごろより人出がなかったのが幸いだった。数人の歩行者はいたが、巻き込まれることはなかった。

注射器を奪えたことが収穫だった。

店に戻り、薬液が入ったままの注射器を、トートバッグにしまった。

「つけられていたというよりも、この店を見張られていたんだと思う。理恵ちゃんがきっとここに来ると、やつらに通告した人間がいるはず。マリさん、理恵ちゃん、心当たりはないかしら？　事務所のライバルとか？」

路子は訊いた。

理恵子は即座に首を振った。

「いいえ。ここは私の、唯一の安らぎの場所なので、同じ事務所の子とかには、教えていません。ここに来る役者さん関係は、そもそもうちらとは系統がまるで違う劇団のひとだから。ちゃんとした演劇論とかを、教わったりしていたんです」

「その注射器見て思ったんですけど……」

マリが唐突に言い出した。

「なに？　思い当たることを教えてよ」

路子はもう一本ラッキーストライクを取り出してやめた。店内に灯油の匂いがまだ残っていたからだ。

「半年ぐらい前からうちの店には珍しい、女医さんが来ています」

「あっ、眠剤《ミンザイ》を分けてくれる人ですよね。なんて言ったっけ、あの人」

理恵子が話を繋いだ。

「多香子さん。清水谷多香子さん。まだ若いけど大学病院の先生。シブイ苗字だからよく覚えているわ。表通りの高級ブランド店ならわかるけど、なんでうちみたいな場違いな店に来るんだろうって思っていた……」

マリが頰を撫でながら言っている。

「その人がミンザイを？」

路子にはそこが引っかかった。薬機法違反行為だ。医師はおいそれとそんなことはしない。

「ここに飲みに来る役者やコスプレイヤー、それにファッションデザイナーの卵たちって、みんな睡眠時間がまちまちなんです。いや、寝る時間がたりないとか、不眠症とかではなくて、日によって寝起きする時間が違っちゃうというか……」

「なるほど。昨日は朝五時に起きて、明日は深夜に勤務とか」

警察官も早番、定番、遅番を繰り返しているうちに睡眠リズム障害を起こしたりする。

「そういうことです。それで、いつでも寝つけるようにって、多香子さんからちょいちょい貰っていたんですよ」

「最近はいつ来た？」

会ってみる必要がある。路子はそう思った。

「そういえば、一か月ぐらい前から、ピッタリ来なくなった。ねぇ、そうよね」

マリが言うと、理恵子もうなずいた。
どうやらその女医を洗ってみる必要がありそうだ。

第四章　クロスロード

1

「ところで『ラスプーチン』の橘社長は、ルーレットレコードの正宗会長と懇意にしているのよね」

裏原宿の店では危険なので、銀座八丁目にあるクロスビルに移動した。マリにも一緒に来てもらった。五階のスナック『ジロー』。路子の母が経営する店で、自宅はさらにこの上にある。祖父、黒須次郎にちなんで付けられた店名である。祖母が次郎の愛妾《あいしょう》であり、父は庶子《しょし》ということになるが次郎に認知されている。

すでに今日は店じまいしているので使わせてもらう。

「はい、私が働いていた西麻布の会員制バーは、正宗会長が実質的なオーナーだと聞かされてました。もともと水商売だったうちの社長が運営を任されていたんです。あっ、店の名前は『ロマノフ』です」

赤ワインでほんのり頰を染めた理恵子が答える。路子の実家と聞いて、相当安心しているようだ。

「『ラスプーチン』に『ロマノフ』か。意味深だわね」

路子はひとりごちだ。並べてみると帝政ロシアの王朝とそれを攪乱《かくらん》した怪僧の名だ。

マリはカラオケのリモコンを眺めている。

「ラスプーチンって店名の由来、聞いたことある？」

歴史では政権に口を出し殺されたロシア正教の僧侶だ。

「私、最初はロシアの大統領のプーチンがラスボスでラスプーチンっていうのかなって思っていたんですが、橘さんに訊いたら……ったくしょうもない理由で。俺だ、とかいいだして」

理恵子は顔を真《ま》っ赤《か》にした。

「さっぱり意味がわからないんだけど」

路子は頭の後ろで手を組んだ。

マリが口を挟んできた。

「そのやばい僧侶《ぼうず》って、すっごい巨根だったんだって。超ビッグサイズで宮廷の女たちをヒイヒイ言わせて、徐々に権力に近づいたらしいと。理恵子のとこの社長さん、自分も巨根て言いたいらしいね」

「確かに、キャバクラの店長だった頃は、キャストをそっちのほうで操っていたみたいですから……あっ、私は、やってませんよ。でも、同期が言うには顎《あご》が外れるほど大きいって」

理恵子が顔を顰《しか》めた。情報としてこれがどこまで重要なのか何とも言えなかった。

「私、ネットでホルマリン漬けになっているラスプーチンのちんちんの写真を見たことあるよ。このぐらいはあった」

マリがワインボトルを振って見せた。

嘘でしょ、と口走りながらも路子も急いでスマホをタップした。『ラスプーチン・巨根』でググる。すぐに見つかった。

「マジ、でかい」

かなりグロテスクな写真で、淫情は刺激されないが、そのサイズにはやはり驚いた。皇帝の奥さんとか、これに嵌《は》まったのか……。

どうでもいいことだった。

「正宗社長は政治家と来ることはなかったの？」

いよいよ路子は核心へと迫った。巨根よりも巨悪を潰《つぶ》さねばならない。

「うーん。私なんかは政治家を見かけても、相手が名乗らない限り、誰が政治家かなんてわかりませんよ。でも一緒に来た商社マンや広告代理店の人とは、よく政治や選挙の話をしていました」

理恵子が、店の様子を思い出すように目を細めた。

「歌っていいですか？」

マリは我関せずとリモコンで選曲を始めていた。

「好きなだけ、歌ってよ」

むしろ音があったほうが、理恵子の話を聞き出しやすいというものだ。マリがリモコンを操作すると、天井のスピーカーから音が降ってきた。やけに懐かしいイントロだ。

「広告代理店の人は雷通？」

「あっ、そうです。たいてい雷通の人で、たまに北急《ほっきゅう》エージェンシーの人もいました」

想像したとおりだ。企業広告だけでなく、公共広告、国家的イベントをも仕切っているのが雷通だ。最近では積極的に選挙プロデュースも引き受けているという。

「商社マンというのは、どこの社の人かわかる？」

気になったので訊いた。芸能界の人間と商社マンはすぐに結びつかなかった。

「三華物産の秋元さんという人です。雷通の鈴木さんという人といつも一緒ですね。単独で来たことはありません」

理恵子の説明に重なるように、マリの歌が流れてきた。

『夜霧のハウスマヌカン』。

「いや、これまた珍しい歌だわね。私が生れるちょっと前の歌だわ」

路子は、思わず耳を澄ませた。銀座のジローではほとんど聴かない曲だ。

「あっ、この曲、アパレル系の人で歌う人が多いんですよ。マリさんも以前は羽田《はねだ》のショップで店員だったそうです」

さすがにいまはハウスマヌカンとは言わないようだ。

マリの声がサビに向かった。サビの歌詞がそのままタイトルになっているのだが、なんとも哀愁を帯びたメロディだ。

「それはそうと、ルーレットレコードと商社マンで何の話をしていたんだろうね」

話題を戻した。

「雷通が中核となっている官民一体のプロジェクト『ユーラシアエンタテイメントX』というのがあるらしいのですが、ルーレットはそこを通じて、日本のアイドルユニット『青山通り36』の現地バージョンを広めていくという企画を詰めているんです。中国やインドネシア、フィリピン、シンガポールなど各国に進出するには、雷通だけでは進められないので、三華物産が入っているんだって、橘さんが言っていました。アジアからさらに中東、東欧にまで拡大する計画だからユーラシアっていうんだそうですよ」

「なるほど、日本のエンタテイメントのユーラシア大陸への侵攻ってわけね」

路子は、これは中国の一帯一路の戦略に似ていると思った。どこかで中国やロシアが糸を引いているのではないか。

「私も、黒須さんを拉致する役を無事終えたら『南京西路《ナンジンシールー》36』か『ロハス通り36』の日本人メンバーとして派遣してやるとも言われていたんです。女優として上海《シャンハイ》映画からの逆輸入とかのほうが話題性があるし、マニラで英語を習得するのも今後の武器になるって」

理恵子は、まだ未練のあるような顔をした。

『青山通り36』は、いまや国民的アイドルユニットだ。他にタイプの違う『〇〇通り』がいくつか存在し『通り系』というひとつのジャンルを形成している。定期的にメンバーが入れ替わるのも、それまでのアイドルユニットになかった特徴だ。

男性アイドルの宝庫『ジャッキー事務所』と並び、アイドル界を二分している。

ジャッキー事務所と異なるのは、メンバーの所属事務所がそれぞれ異なる点だろう。

『通り系』には老舗名門プロから無名の新興プロまで、実にさまざまな、芸能プロが参加している。

それを統括しているのがルーレットレコードだ。会長の正宗勝男が、プロデュースから運営まで一切を取り仕切っているという。

「それは現実に進行している企画であっても、理恵子が抜擢《ばってき》されることは、絶対になかったと思う」

はっきり言ってやる。

理恵子は押し黙った。悔しそうに、唇を噛《か》んでいる。

「黒須さんの言う通りだと思う。これからメジャーに売り出すタレントに犯罪なんかさせないでしょう。それにさっきの放火、理恵子が死んじゃってもかまわないっていうやり方でしょう。もう、目を覚ましたほうがいいと思う。黒須さんに全部任せなよ」

歌の途中でマリがマイクを通してそう言ってくれた。

「ですよね。私、完全にマインドコントロールされていましたよね。ラスプーチンとは絶縁します」

「後の処理は、私に任せて」

理恵子の肩を抱いてやる。

マリが再び歌い出した。

「三華物産の秋元さんの肩書は国際文化事業部開発課の課長代理です。私、名刺を一度見たら絶対覚えることにしているんです。それぐらいしか武器がないですから」

「たいした武器だわ。そういうことを知りたかったの。私を攫《さら》いたかった理由がどこにあるか知りたいのよ。ルーレットグループとバッティングする仕事はしていないはずだからね。なぜなのか……」

さらに強く理恵子を抱きしめた。

温かい飲みものと抱擁。

路子は、傷ついた者を慰撫《いぶ》する方法を他に知らなかった。

「その秋元さんは、政治家と懇意にしているようでした。『永田町からのオファーだから』とか、そんなことを言っていたのを覚えています」

充分な情報だ。

「それで、こちらも探りを入れられるわ。ありがとう。あなたの夢のために、私はきちんと寄り添う。でもラスプーチンがいつあなたを奪還に来るかしれないから、暫くここに隠れていて」

理恵子にそう言うと、またマリがマイク越しに喋った。

「黒須さん、私もしばらくここで雇ってもらえないかしら。自分の店に戻るのちょっと怖いです」

「だよね。わかった。ことの真相がわかるまで、ここでバイトして。あなたなら立派に務まるわ」

路子はまとめて面倒を見ることにした。

まずは、女医と商社マンの素性を調べてみることにする。

翌日。

路子は信濃町の大学病院へと足を運んだ。日本の大学病院の中でも名門中の名門だが、院内に足を踏み入れると、かなり古い建物であることがわかる。

古いを通り越してレトロといった方がいいかもしれない。

「形成外科の清水谷先生にお会いしたいのですが、どういった手続きが必要でしょうか」

路子は、受付にプリンシパルの名刺を差し出した。

この名刺が相手に渡るだけでも、反応は知れる。

「ご用件は？」

「講演の依頼です。私共の会社は、様々な企業や自治体から講演の企画を依頼されている会社です。先生に依頼するための方法を知りたいのですが」

いきなり本人に会いたいと言わないことがポイントだ。いまは刑事ではない。ビジネスの慣習を守ることが肝要《かんよう》だった。

「お待ちください。総務部と確認します」

こちらが正々堂々と申し入れたせいか、受付もきちんと対応してくれた。しばらくして総務部の職員が現れる。

路子はロビーに座り、手短に用件を伝えた。架空の企画書も渡す。ビールメーカーの主催する健康維持に関する講演だとしている。講演料は三十万円。妥当なはずだ。

「こういったことは、本人の意思しだいです。まずは、医局に確認しますので、お待ちください」

中年の事務員が企画書と路子の名刺を受け取り、引き返していった。

手筈としては、上々だ。相手がどう出てくるか。もしも拉致に絡んでいたのなら、路子の名刺を見て、動揺して出てこない可能性もある。

ここは賭けだ。

暫くすると、中年の事務員とともに、白衣を着た白髪の女医がやってきた。医局の主任教授だろうか。

「黒須さん。お待たせしました。清水谷教授が直接、お話を伺うそうです」

事務方の職員はそう言って銀髪の女医を紹介した。胸にきちんとネームプレートをつけていた。

えっ――っ。

マリの話では若い女医ということだった。

のけ反りそうになったが、堪えて恭《うやうや》しく頭を下げた。

教授相手に立話も出来ないので、路子は敷地内にあるレストランに誘い、約三十分、企画概要を説明した。時期は十月にしてあった。

「面白いです。黒須さん、私、承りますわ」

来年で退任するという教授は、路子の寝不足気味の顔色まで気遣ってくれた。目の前にいる清水谷多香子教授は、間違いなく善意の第三者だ。

これは本気でビールメーカーを口説くしかないと、路子は覚悟した。また仕事が増えた。民間人に化けるのは骨だ。

大学病院を後にし、路子はタクシーで日本橋《にほんばし》に急いだ。

三華物産の本社に向かう。

まずは秋元直樹の面《めん》を割り出さねばならない。これが厄介だが、路子はある方法を思いつき、車中から毎朝新聞に電話を入れた。

青山通りに選挙カーが行き交っている。いよいよラストスパートの時期だ。タレント候補、最上愛彩の選挙カーの姿も見えた。

『最上です。最上愛彩です。明日は、渋谷駅前にて演説をいたします。どうか、どうか最上愛彩に一票を。民自党東京選挙区の最上です』

ウグイス嬢の声に頷き、白い手袋で手を振る最上愛彩の顔が見えた。まるで皇族のような品のよい手の振り方で、なりふり構わぬ他の候補者とは一線を画していた。

それでも歩道を歩く人々は、思わぬ有名人との遭遇に、手を振り返していた。知名度がある候補は強い。

遠くから大覚寺右京の歌う『正義の選択』も聞こえてきた。落合正信候補も懸命に戦っているようだ。

だが、いまはそこに張り付いている場合ではない。

政界と芸能界が組んで、何をやらかそうとしているのかを、探り当てなければならない。そのヒントが、三華物産にありそうなのだ。

2

「明日の夜、飲み会をやるから、こられる？」

多香子から連絡があったので、もちろん行きますと答えた。特殊詐欺の受け子の第二走者を担当して五日目だった。

多香子の言う通りで、二日目からは不思議と度胸がついていた。慣れというのは怖いものだと、つくづく思う。

任務とはいえ数百万円単位の現金を騙《だま》し取られている被害者がいるのだ。美奈がそのまま交番に駆け込むだけで、その被害は止められる。たった一件だけ止めてどうなることでもないが、美奈がバトンを渡した時点で、その金は被害者に戻ることは、ほぼ不可能なことになるのだ。

特殊詐欺の首謀者や組織を潰せても、被害額を回収することは、難しい。現金に名前は書いていないからだ。

しかしそんな複雑な気持ちも、三日目には薄れてしまった。騙された者にも非があるような気になってしまうのだ。

警察は特殊詐欺被害の防止に関して、とてつもない予算を投下して広報活動をしている。NHKも夕方ニュースの終わりには必ず『STOP詐欺被害！』という実例をあげたコーナーをおいているほどだ。

所轄単位でイベントも多数行っている。そうしたイベントの観客の動員のために、音楽隊も稼働している。

それにも拘《かか》わらず、毎日のように被害届が上がり、また自分も、日々金の受け渡しを担っている。いったい被害者に、防犯意識はあるのか？

そんなことを思ってしまう。本末転倒だった。

そういう人たちのために警察は存在しているのだ。

そして美奈は、もうひとつの慣れも感じていた。潜入捜査をしているという緊張感である。バレたら生きては帰れないかもしれないはずの潜入捜査員なのに、その緊張感も時に緩み始めていた。

多香子があまりにもフレンドリーなせいもある。

知り合ってから今日まで、一日に一度は必ず顔を合わせていた。ランチだったり、午後のお茶だったり、仕事を終えた後のクラブまわりだったり様々だが、必ずだ。

そして彼女には犯罪の片棒を担いでいるという罪悪感も見当たらない。普通のバイトの先輩のような接し方なのだ。

今夜もそんな感じの飲み会だと思っていた。

夜七時。

広尾《ひろお》のイタリアンレストランの個室。多香子の他に三人の女が呼ばれていた。

受け子である話は一切しないようにと電話で釘を刺されている。それは当然のことだが、多香子から今夜は経歴も変えるようにと指示された。

名前は前田優愛《まえだゆあ》で、仕事は菓子メーカー『森谷製菓《もりやせいか》』のOL。職種は営業事務ということだった。仕事は入力作業ばかりでつまらない、ということでいい。そんなことまで、細かく指示されていた。

やはり、裏仕事に関しては慎重になっているのだろう。

「こちらは、前田優愛さん。みんなと一緒で六本木の『スター』で知り合ったのよ。銀座のOLさん」

ソムリエが五人に赤ワインを注いで回っている間に、多香子が紹介してくれた。

「はじめまして。前田です」

会釈した。

他の三人もそれぞれ自己紹介をはじめた。いずれも美奈と同じ年頃に見える。

「星野《ほしの》みどり。私は保険会社の外務員。俗に言う生保レディーです」

勤務地は三軒茶屋《さんげんぢゃや》だそうだ。保険の勧誘員らしく、華やかさを備えている。

「私は、五十嵐敦子《いがらしあつこ》。旅行会社の添乗員です。この二年はほとんど自宅待機で、異業種への派遣とかしていましたけど、今年のゴールデンウイークに、ようやく職場復帰しました。といってもいまは国内主体ですけど」

新型コロナウイルスの出口がようやく見えてきたと、付け加えている。

「山崎千里《やまざきちさと》です。通販のコレクトセンター勤務です。テレホンアポインターって言うんですけど、ひたすら一日中、ヘッドセットをつけて注文を受けているんです。閉鎖的でイヤになっちゃうわ」

と笑顔を見せた。

ちょうどそこで全員のグラスに赤ワインが注がれた。

「では、乾杯」

多香子の発声で全員グラスを上げた。

「前田さん、お店のスイーツは社販で安く買えたりするんですか？」

右隣に座っているテレホンアポインターの千里が訊いてきた。テーブルには順にガーリックトーストにトマトとレタスが盛られたブルスケッタが置かれ始めている。

「買えますが、もう飽きちゃいましたよ。こんなことを言ったら、上司に怒られちゃいますが、所詮《しょせん》は工場での大量生産スイーツですからね。自分では、家の近くの手作りスイーツを楽しんでますよ」

舌を出してみせた。アドリブだが、たぶん実際に働いているOLもそう答えるのではないか。美奈はスイーツ好きでは人後《じんご》に落ちない。特にシュークリームには目がないので、あちこち食べ比べをしている。だから、その辺の話は得意なのだ。

「通販は、どんな商品でも扱うんでしょう。商品知識を頭に入れるって大変じゃないですか」

今度は訊き直した。

「そうなんですよ。いつもそばにマニュアルを置いて備えているんです。食品から電化製品まで様々ですから、もう大変」

千里は大きな笑い声をあげた。

「面倒くさいお客さんとかいないの？　電話で口説いてくるとか、いるんでしょう？」

添乗員の五十嵐敦子が、割り込んでくる。

「いるいる。口説いてくるよりも、猥談《わいだん》を仕掛けてくる人のほうが多い。なんでもいいから、こっちに卑猥な言葉を言わせようと必死なの。明らかに扱《しご》きながら、電話してくる人もいる。もちろん無視だけど」

　千里の口ぶりは、むしろ、そのきわどい会話を楽しんでいるようだった。

「もう、旅行業界は海外も増え始めたんでしょう」

　多香子が添乗員の五十嵐敦子に話を向けた。

「まだ増え始めたとまでは言えませんね。ホノルルはそこそこで、カフェやスーベニアショップが慌てて日本語のできるスタッフを雇用しなおしています。でもまだコロナ以前にはほど遠いですよ。それにインバウンドのほうはまだまだこれからでしょ。中国人が来ないことには、潤いませんね。バス旅行は中年客も依然として少ないです」

　敦子は肩をすぼめて、ワイングラスに細い指を絡めた。

「残念ねぇ。早く動いてくれるといいんだけど」

　多香子はブルスケッタを口に運んでいる。

「保険屋も当面きついですよ。私らは対面で勧誘してこそ腕の見せ所で、オンラインで契約取れって言われても、そうそう上手くいかないわよね」

　星野みどりが、だるそうに肩をまわす。

　みんな仕事の愚痴を言っている。

　シーザーサラダが入ると多香子がかいがいしく、五人分を小皿にとりわけ、メインがやってきた。この店のウリであるカツレツだ。パン粉が程よく黄金色《こがねいろ》に焼けていて、匂いも香ばしい。

一口食べて、美奈は幸福な気分になった。柔らかくて美味《おい》しいのだ。

勢いワインのペースも上がる。

招待した多香子が巧みに会話を回し、誰もが上機嫌で自分の仕事について語った。しんどいと言いながらも、みんな裕福そうだ。会話に余裕があるのだ。

そして全員、男と結婚する気はないという。

なるほど、美奈以外の三人の女たちは、多香子と同じ性嗜好の持ち主たちということだ。

「でも、いまは若いからなんとか苦難も乗り切れるんですが、将来は不安ですよ。コロナ以上の疫病が流行《はや》るかもしれないし、戦争も簡単に起こるんだもの。その時、どうするかって、結局、自分自身が対処するしかないんだもの」

みどりが保険屋らしいことを言った。

一同がうなずく。

誰でも将来は不安だ。

「だから、やっぱりいまのうちにお金をたっぷり稼いで、将来のために投資しておくことよ。しっかり稼いで不動産を持つのが一番固い。出来れば海外にもいくつか持っておくといい。ハワイ、上海、サンクトペテルブルク、どこに転んでもよいようにそのあたりにアパートのひとつは持っておくべきだわ」

多香子がそう言ってまとめた。

エスプレッソとデザートスイーツの『カンノーロ』が運ばれてきた。美奈は思わず小皿に向かって拍手をした。

イタリアンスイーツの中で美奈が一番好きなものだ。しかもこのカンノーロ、名前の由来である『小さな筒』ではなくかなり大きい。一皿に二本あるので複数形でカンノーリが正解だ。

どこかで見た記憶があった。シシリア。そこで思い出した。

「これ、映画『ゴッドファーザー』のパート3のラストシーンに出てくるカンノーロにそっくりですね」

大きさやオレンジピールやドレンチェリーの飾りつけまでそっくりだ。

「あなた、やっぱりお菓子のプロね。その通りよ。これ、この店のパテシエが映画撮影時のレシピから再現したんだって。私なんかは全然知らなかったのよ」

多香子が目を丸くした。

偶然だった。たまたま見放題だった『ゴッドファーザー』を三巻イッキ見して、翌日、カンノーロを探しまくったことがあるだけだった。ここまで同じものはなかっただけに、頭蓋《ずがい》の奥底に、あの映像がいつまでも残っていたのだ。

「いえ、食い意地がはっているだけです」

美奈は恐縮しながら、熱くてほどよい苦みのエスプレッソとクリームたっぷりのカンノーロを交互に口に運んだ。苦さと甘さのデュエットがたまらなくいい。

食事を終えると女五人でカラオケ店に入った。多香子は一番大きな部屋を予約しており、部屋にはすでにクーラーに入ったシャンパンが三本も用意されていた。

最初は五人で、次々に歌った。

しかし三十分ぐらいすると、部屋の照明を落とし、仄暗《ほのぐら》い中で、多香子と生保レディーのみどりが、互いのバストや股間をまさぐり合い始めた。

美奈が西野《にしの》カナの『Have a nice day』を歌っているときだった。

今度はテレホンアポインターの千里と添乗員の敦子がディープキスをし始めた。美奈は歌い続けた。

というか、この場合、歌を止めることが出来ない。止まったら最後、自分にも手が伸びてきそうな気配なのだ。

あいみょんとかＹＯＡＳＯＢＩの曲を連続して入れた。室内に甘い性臭が充満していた。

四人の女たちが、下着を露《あら》わにし、触り合うシーンを目《ま》の当たりにしながら、一人で三十分ぐらい歌った。

女同士は果てしなかったが、多香子にパンツの中まで手を入れられたみどりが、感極まった声を上げたところで、桃色遊戯は終了になった。最後にＡｄｏの『うっせぇわ』を入れていたのだが、歌う前に終わったのでよかった。

あっと言う間の二時間であった。

身繕《みづくろ》いを終え、帰ろうとなった段、多香子がハンドバッグから厚手の封筒を出した。

紙幣が入っていることは、美奈にも想像できた。

すると女たちもそれぞれＡ４サイズのマニラ封筒を取り出す。書類が詰まっている感じだった。シーリングスタンプで封印されている。それぞれのイニシアルが入ったスタンプだった。

「ありがとう」

多香子がひとりひとりと封筒を交換した。交換した者から順に部屋を出て行った。最後に生保レディーが受け取ると多香子が、

「ホント、あなたの情報は正しかったわ」

と肩を叩いて労《ねぎら》っていた。

何をしているのか、わからないようで、わかるような気もする光景だった。

最後に多香子と美奈だけが残った。

「ミーナ。合格。あなたやっぱ、芝居ができる人ね。彼女たち、完全にあなたを森谷製菓のOLだと思いこんだわ。あれぐらい芝居ができたら十分よ。受け子じゃなくて掛け子に昇格。明日は午前十一時にここに出勤して」

多香子からプリントを渡された。地図が書いてある。

西武池袋《いけぶくろ》線の江古田《えこだ》駅近くのマンションだった。

「はい。偶然、私がスイーツ好きだっただけなんですが……」

美奈はひたすら恐縮した。実力以上に評価されることはむしろ怖いことだ。

「この封筒の中身、なんだかわかる？」

「えっ……あの想像ですが、なにかの情報ですか？」

「その通り。それぞれの職業で手に入れた個人情報よ。テレホンアポインターなんて、次々に新しい顧客の住所がわかるんだから、入れ食いね。こっそりメモするだけでいい。添乗員や生保レディーはさらに一歩踏み込んだ顧客の趣味や生活環境まで聞き出せる立場にいる。ありがたい情報ばかりよ。添乗員の敦子さんには、いずれまた会えると思うわ。あなたも海外の物件を見ておいたほうがいいと思うから」

つまり彼女たちは本当にその職業についているってことだ。どうやら美奈だけが、にせものだったらしい。そこで演技力を観察していたというわけだ。

「彼女たちは報酬目当てに個人情報を横流ししているんですか？」

「そういうこと。私たちのような性嗜好の女たちはね、最後までひとりで生きていかなきゃならないでしょう。互助会のようにお金を貯めているのよ」

「それはそうでしょうが……」

その金を奪われて、老後破綻する人もいるのだ。身勝手な理屈ではないか。そう思ったが、口出すことは無意味だ。

「前田優愛の名前は、今後はパスワードだと思って。職業もそのまま使って。これから仕事でセッションする仲間と会うときも前田優愛でいいの」

多香子は、意味ありげに笑い、先に出て行った。今日は尻も胸も触られなかった。

3

そのマンションは江古田では有名なライブクラブの近くにあった。

ロンドンの『マーキー・クラブ』にちなんでつけられた店名で、七〇年代から多くの有名ミュージシャンがここで腕を磨いたという。

音楽に携わる者なら，大抵知っているクラブだ。

美奈も音大生時代に、何度か聴きに来たこともある。

そのライブクラブの前を通り、さらに住宅街に入った一角にあるマンションだった。

『エメラルドレジデンス練馬《ねりま》』

ごくありふれたファミリータイプのマンションだ。一階のオートロックを開けてもらう際、パスワードをと言われたので前田優愛と伝えると、あっさりロックが開いた。

八階建ての六階の部屋だった。扉の前でふたたび前田と名乗り、扉を開けてもらった。

男が出てきた。三十歳ぐらい。ひょろりとしていて髪が長い。流行りの縁の厚いロイド眼鏡をしているが、そのレンズの奥に見える双眸には、凶暴さが備わっていた。

「早川義明《はやかわよしあき》だ。ここではリーダーだから」

そう言って招き入れてくれた。

室内は閑散としていた。家具らしきものはほとんどない。

リビングの中央に、作業台のような大きなテーブルがあり、その上に携帯電話が五十個ほどきちんと並べられていた。いずれの携帯にも電話番号が書かれたシールが貼られている。

リビングの窓は分厚いカーテンで閉め切られていた。

リビングに続く部屋との引き戸があけられ、男がふたり出てきた。菓子パンを齧《かじ》りながらの二十歳学生風の男と、白髪が交じる紳士然とした中年男だ。

「草野純一《くさのじゆんいち》さんと野々村達夫《ののむらたつお》君だ。こちらは前田優愛君。今週はこのメンバーで行く。まもなくターゲット名簿が届く、それまで三人ともメインテーブルで待機だ。前田君、ひとつだけルールを言っておく」

「はい」

「この室内では、私用の携帯の操作は禁止だ。帰りの時間まで電源を切って、俺に預けてもらう」

「わかりました」

美奈は素直にスマホを渡した。どのみち潜入用に架空名義で契約してある携帯だった。

早川が続き部屋との引き戸を開放し、向こう側へと入っていった。

その部屋も殺風景だった。スチール製のデスクがひとつ置かれ、ノートパソコンとプリンターが載せられている。それ以外に何もない。早川はそのデスクに座りパソコンを操作し始めた。

「前田さん、飲み物や冷凍食品は、そこの冷蔵庫に入っています。勝手に食べていいし、明日になればまた補充されているから」

白のポロシャツにベージュのチノパンという、やけに爽やかな恰好《かっこう》の野々村が、キッチンのほうを指さした。

「あっ、はい、ありがとうございます」

美奈は頷いたものの、緊張感のほうが強すぎて、まだ何も口にする気になれないでいた。

「バトルが始まると、休む間がない。今のうちに喉を潤しておいたほうがいい」

銀髪の草野にも勧められた。

「わかりました」

美奈は立ち上がり、キッチンの冷蔵庫から炭酸水のボトルを一本、抜き取ってきた。キッチンにはコンビニのサンドイッチやおにぎりも数種類、並べられていた。イベントの際の楽屋のようだ。それもかなり待遇のいい楽屋だ。

三人は特に雑談をするということもなく、テーブルに座ったまま、勝手なことをしていた。草野は分厚い単行本を読んでいた。レザーのブックカバーをかけてあるので、書名はわからない。草野の視線は真剣だった。野々村のほうは、芝居の台本のようなものを眺めている。時折、手足を動かし口を動かしている。演技の練習でもしているらしい。

そのうち昼過ぎになった。草野と野々村がキッチンに向かった。それぞれ冷凍食品のパスタを電子レンジで温め戻ってきた。

ランチということらしい。

「前田さんもどうぞ」

野々村に勧められた。

じっとしていると緊張感に押しつぶされそうなので、美奈もキッチンに向かった。海老グラタンがあったので、チンをした。インスタントコーヒーも淹れてテーブルに戻った。

早川は食事をする気配はなかった。加熱式煙草を咥えて、パソコンに向かったままだ。ひたすらワードで、文章を打ち込んでいるようだ。

再び沈黙の時間が流れる。早川のスマホがバイブした。メールかラインかわからないが、真剣な眼差しで読んでいる。

読み終えると同時に宣言した。

「マトが決まった。午後二時から、攻撃開始だ」

そのかけ声と同時に草野と野々村が、背筋を伸ばした。それぞれ単行本や台本をテーブルの脇に押しやる。

早川がパソコンを操作し、プリントアウトを始めた。そのペーパーが、草野、野々村、美奈の順に配られる。

それはまさしく、特殊詐欺用の台本だった。

二枚に分かれている。

一枚は人物プロフィール。

娘・大島晴美《おおしまはるみ》。沖縄《おきなわ》旅行中。二十三歳。百貨店勤務。

母・大島道代《みちよ》。千葉《ちば》県市川《いちかわ》市在住。主婦。五十歳。

父・大島一郎《いちろう》。市役所勤務。日中不在。

二枚目は、会話の進行表だ。

イエス・ノーで進む性格占いのように、相手の反応に合わせたチャート図が示されている。

例えば『お母さん』と問いかけて、相手が子供の名前を言った場合は、それをメモして、②に進む。『えっ』と言って黙り込んだ場合は①の『お母さん、わかる？　聞こえている？　私よ（僕だ）』といった具合だ。まずは子供の名前を言わせて、ターゲットであるかどうか確認する。

　その後はケーススタディにそって、会話を進めていく。

「今回もデータが完全に上がっているマトだから、ビクつくことはない。冷静にすすめりゃ、十分で片が付く」

　早川はそう言って、美奈に視線を向けた。心臓が木端微塵《こっぱみじん》に砕けてしまいそうなほど怖い目だ。

「あんたが一番手だ」

　先ほどまでのように前田君という柔らかい調子ではなくなっていた。ごく自然に美奈の両ひざが震えた。

「はい、この大島晴美というのが、私の役ですか」

　台本の人物プロフィールを指さした。

「そう。添乗員からしっかり裏が取れている。その娘は現在、那覇《なは》でスキューバダイビングを楽しんでいる最中だ。だから相手が名前を言わなかったときは、こっちから名乗ってもいい」

早川の自信ありげな表情に、昨夜の五十嵐敦子の顔が重なった。それはテレホンアポインターの千里とディープキスをしている顔だった。

「私、かなり年上ですが大丈夫でしょうか?」

美奈の声はすでに掠《かす》れている。

「それでいいんだ。危機に直面している人間の声は、いつもと違うものだ。それに娘は今は都内で一人暮らしだから、日々母親と話しているわけじゃない」

早川に断言された。

草野と野々村は、違う台本らしく、ふたりとも真剣なまなざしで読み耽《ふけ》っていた。そのまま、台本を頭に叩き込むように言われた。

美奈は何度もチャートの手順を確認する。会話の中身よりも、その手順を覚えるほうが大変だった。

約一時間後。午後三時を回ったあたりだった。

「始めるぞ」

早川がテーブルに置いてある携帯の一台を、摑んだ。三人に配られたプリントとは異なるペーパーを見ている。

大手旅行代理店のツアー申込書のコピーのようだ。

住所氏名のほかに、緊急連絡先と両親の名前が書かれている。

なるほど、こうしたデータをもとにターゲットを絞り込んでいるから、受け子や第二走者、第三走者まで付近に待機させておくことが出来るわけだ。

番号は早川が押した。スピーカーフォンにしたようで、呼び出し音が聞こえる。そこで、美奈に携帯が手渡された。

失禁《しっきん》しそうなほど気持ちは縮み上がった。

「はい」

女の声がした。見知らぬ番号には慎重なようで、大島とは名乗ってくれなかった。

想像していたよりも低い声だ。しかも陰険そうだ。優しい母親をイメージしていた美奈はこれだけで、動転した。

すぐに声が出なかった。

早川が顎をしゃくった。

「……お母さんっ」

語尾が震えた。

「晴美、晴美なの？」

相手の声が上擦った。間違いない、大島家の固定の電話に繋がっている。

「那覇で、私大変なことになっちゃった。あっ、これ、よその人のスマホ」

「ど、どうしたの。事故にでもあったの。裕子《ゆうこ》さんは、一緒じゃないの」

母親は娘の那覇旅行を知っているということだ。友達の名前まで教えてくれた。チャート表の上を早川の指が這《は》い、かなり先で止まった。美奈はそのセリフを読んだ。

「ジェットスキーでヨットにぶつかっちゃった。私は大丈夫なんだけど、ヨットに乗っていた二人のうちひとりが大けがでカンカンになっているの。骨折だって。命には別状ないけれど、入院がどれだけ長引くかわからないって。いま警察の人も一緒に病院に来ている……ヨットも破損しちゃっているし……私が速度を上げすぎたのがいけなくて」

小さな声で言った。バレそうで怖くてたまらない。

「えっ、それで、あなたどうなるのよ」

「先に会社に伝えたら、表沙汰《おもてざた》にしないで示談《じだん》にしろって。百貨店の名前は絶対出すなって。もし相手の人が亡くなったら、イメージダウンになるって……お父さんの役所の立場もあるし、どうしよう……」

もう、言っていて、頭がいっぱいいっぱいになってきた。バレそうで、バレそうで、というかいっそバレてほしいと願った。

「示談って、いったいいくらかかるのよ」

母親の声もうろたえている。

「わかんないよ。いま（裕子が）弁護士さんを探してくれている。ひとりじゃ太刀打《たちう》ちできないもの。ヨットの持ち主のほうは幸い軽いけがで。でももうカンカンになって怒っているの」

カッコの中は早川が、即座に書き入れてくれた。

セリフの下に（うろたえる様子で）と但し書きがついているが、指示されなくても充分、そんな声になっていた。

と、そこで目の前に座っていた野々村が大声を上げた。

「わかんないよ、とか言ってんじゃないよ。俺のヨットがまっぷたつに割れて、転覆《てんぷく》してしまったんだ。弁償しろよ。おいっ、お前じゃ埒《らち》あかねぇ。親の連絡先とか言えよ。あ～、職場だろうが、どこだろうが、いますぐ、電話してやらぁ」

たぶん、伝わっている。その横で、早川が白紙にサインペンで走り書きをした。

「弁護士さんが来るまで待ってください！」

書かれたとおりに叫んだ。

「何が、弁護士だよ。お前がぶつかっておいて、その態度はなんなんだよ！」

脇に置いてあった台本を手に取り、テーブルの上でバンと叩いた。

「晴美！　あなた大丈夫」

「おかーさーん」

そこで早川が、スマホのボタンを押した。電話が切れる。

「お疲れさん。凄い演技力だね。恐れ入った」

野々村の横に座っていた草野が、微笑んでいる。

早川が腕時計を眺めている。十秒ほどたったところで、携帯のリダイアルを押した。呼び出し音が鳴る。

一回目で相手の受話器が上がった。

「はいっ、大島です」

母親の声だ。それを確認して、早川が草野にスマホを渡した。

「はじめまして。私、沖縄弁護士会の北谷栄昌《ちゃたんえいしょう》と申します。キタのタニと書いてちゃたんと読みます。大島道代さんで間違いないでしょうか」

草野が、いかにも沖縄っぽい苗字を騙《かた》った。

「あっ、そうです」

声が裏返っている。

「ただいま、娘さんの大島晴美さんから、海上事故の示談交渉を依頼されまして、私が受任いたしました。先方の黒柳《くろやなぎ》様とは、今後すべて私が交渉いたします」

草野は穏やかな声で語っている。黒柳は架空の人物だ。

「晴美は、どうなるんでしょう。逮捕されるのでしょうか」

「いいえ。警察も、他に巻き込まれた人がいないので、当事者同士で示談が成立したら、送検はしないと言っています。無事成立したら、すぐに帰れると思います。治療費なども含めて、私が一切の後処理も行います」

「はい、ありがとうございます」

母親は安堵《あんど》のため息をついている。

切なすぎる。あまりにも簡単に罠《わな》に落ちていく母親の声を聞いていた美奈は耳を覆《おお》いたくなった。

「これから交渉に入りますが、たぶん、少し多めの金額を提示して、治療代が膨《ふく》らまないうちにまとめてしまうのがいいと思います」

「いかほどでしょう?」

「七千万円というところでしょうか。最初からそれぐらい提示すればたぶん、相手はすぐに手を打つと思います」

紳士然とした言い方だったが、金額は大きい。普通の公務員の家庭にそんな大金はないだろう。

「えっ、それは無理です。うちにはそんなお金はないです」

母親は当然のことを口にした。

「そうですか。大島さんのほうではどのぐらいまで提示できますか？」

「一千万円がやっとです。それも主人に相談しないと……」

「うーん。難しいですね。ちょっとこのまま電話を切らないで、お待ちいただけますか」

「はい」

母親の不安げな顔が目に浮かぶ。

草野は五秒ほど間を開けた。早川の走り書きの指示だった。

そしてゆっくり口をひらく。

「黒柳さん、お友達の治療費も含めて、一千万ではどうですか？」

野々村に向かって言っている。

「ふざけるなよ。ヨットの額にもならねぇじゃないか。ヨットだけでも二千万だ。治療費、慰謝料、それに兄貴は当面仕事ができない。サーフボードを作る職人なんだ。休業補償も含めて一億だろ」

野々村は息まいた。額はさらに大きくなった。

「そうですか。そうなると、裁判を起こしてもらう以外ないですね。これ何年もかかることになりますよ。大島さんは千葉県の方ですからね。手間がかかります。だいたい裁判所は和解調停ですよ。しかも仮にそちらが勝訴しても、大島さんに支払い能力がなければ、無理だ。家などの資産を手放しても一億には届きますまい」

草野が駆け引きしている体《てい》をとった。

聞いている母親の息遣いが荒くなっているのが聞こえてくるようだ。

これはすべて劇なのだ。

相手を説得しているようにみせかけて、母親へ事の重大さを伝えている。しかも電話を切らせていないので、誰かに相談しようもない。

「ちっ、そんなの、こっちは踏んだり蹴ったりじゃないか……」

野々村が、落胆したように声を落とす。顔は笑っていた。

「いますぐ、三百万用意してもらいます。どうでしょう。即決しませんか」

草野は追い立てるように言う。しかも一気に額を下げた。すべてのやり取りを母親は聞いている。

「すぐっていつだよ」

「大島さんの了解が取れたら、当弁護士事務所が即座に立て替えて、この場で支払います。ただし、示談書にサインしてください。医療費がそれ以上かかっても、これで大島さんの責任はなしということで……」

「わかった。いますぐくれんなら、いいや」

「では、大島さんと話し合います。お待ちを」

草野はまた十秒ほど間を開けた。

「移動していますのでお待ちを」

「はい」

母親の声がなぜか弾んでいる。一億から三百万になったのだから無理もない。まったく払う必要のない三百万であるが。

「いま、病院の外に出てきました。相手が、不良っぽいやつらだったので、逆によかったんです。相手も面倒くさいことにしたくなかったってことでしょうね。どうですか大島さん。これで手を打ちませんか」

草野は水を向けた。

「三百万でよろしいんでしょうか」

母親は明るい調子だ。

「いいえ、弁護士報酬がこの場合三十パーセントになりますので、合計三百九十万円になります。しかも即金ということになりますが」

「いまから、振込みに行きます」

「いや三時を回っています。窓口は閉まっていますね。ほとんどの銀行のＡＴＭでは、三百九十万は、一度に振り込めませんよ」

「それではどうしたら」

「お宅には、いま現金やクレジットカードはありますか？」

「現金は二百万円ほどなら。クレジットカードはあります」

「キャッシング枠はありますか？」

「はい。使ったことはありませんが、百万円の枠があります。二枚ありますから二百万円まで引き出せます」

銀行預金からの振込みや引き出しに制限があっても、クレジットカードのキャッシングは限度額まで引き出せるようだ。見事な抜け道だ。

「わかりました。いまから十分以内に、私共と提携している市川市の弁護士事務所の田中正雄《まさお》という弁護士をそちらに向かわせます。若い弁護士です。現金とクレジットカードを渡してください。その弁護士が預かり証を発行します。彼と一緒にＡＴＭに行ってください。預金の引き出しは五十万まで。残り百四十万をクレカ二枚でキャッシングしてください。合計の三百九十万円を田中弁護士が受け取った段階で、こちらが黒柳さんにお支払いして決済いたします」

立て板に水を流すように草野は語った。

「わかりました。すぐに来てくれるのですね。それで晴美は、もう責任は負わないのですね」

「もちろんです。示談書は晴美さんにお渡しします」

「承知しました」

そこで電話を切った。さすがに草野もぐったりとした表情で、パイプ椅子に背中を預けた。

早川が自分のスマホを取った。

「田中、走れ」

それだけ言って、通話を切った。

あの田中先輩か？　美奈は用賀駅前でバトンを受けたことのある若いスーツの似合う男の顔を思い浮かべた。

「ふう。毎回、ここからの十五分が長く感じますね。息苦しい」

野々村が立ち上がり冷蔵庫からコーラを四缶取り出してきて、全員に配った。早川は受け取ったが無言のままだ。

美奈はすぐに飲んだ。喉がカラカラに渇いていたので、ありがたかった。

沈黙の時間が続いた。

「あの家の近くに大型スーパーがある。コンビニとかだと店員に怪しまれるが、スーパーの中のＡＴＭというのは、人通りが多い割には、誰からも声などかけられない……はずだがな」

早川がひとりごちた。

この男にとってもこの時間は長いのだろう。

十五分経った。

「遅いですね」

草野が缶コーラを持ったまま立ち上がった。野々村もつづく。早川はテーブルの上にあった携帯電話をまとめ始めた。

まずいのか？

美奈は訳がわからず、不安になった。

とその時、早川のスマホが震えた。

「おうっ。サンキュー。わかった。いまから時間稼ぎの電話をいれる。逃げろ」

早川はまくし立てながらも、親指を立てた。

「現金《タマ》は二走に渡った。もう総武《そうぶ》線の中だろう。草野さん、前田、最後の出番だ」

早川がリダイヤルを押す。電話はすべて早川が仕切るのだ。草野が先に出た。

「大島さん、お疲れさまでした。ただいま確認が取れました。すぐに示談に入ります。いまからお嬢様に代わります」

スマホを引き継いた。

「おかーさーん。ありがとう。そしてごめんなさい。いま、警察の人たちも引き上げていったよ。私、必ず返すから。今夜の飛行機で帰る。まっすぐ市川に行く。ごめんなさい。お父さんにも謝らなきゃ」

「もう、まったく心配かけて。ホント、もう大丈夫なのね。うん、帰ってらっしゃい」

母親の声は潤んでいた。

早川が胸元で指をクロスさせたので「じゃあね」と言って通話を終えた。

「ご苦労さん。出演料は、いつも通り明日渡す。解散！」

それですべてが終わった。

草野と野々村はそそくさと玄関に向かっている。美奈がぼんやりしていると早川に怒鳴られた。

「さっさと消えろ。仕事は終わったんだ。キャストがいつまでも残っているんじゃない」

「あっ、すみません」

美奈も急いで、玄関を出た。

4

エレベーターホールで、草野と野々村に合流した。

「いずれ、ここに現金が届くか、俺たちが見ちゃいけないスタッフが来るんだろうさ」

野々村がエレベーターに乗り込むなり言った。

「野々村君、余計な詮索《せんさく》はしないほうがいい。私たちは劇に参加しただけだ。現実に起こっていることなんて知らない。それでいいんだ」

草野が険しい表情で言う。

「ですよね。明日、ギャラを貰って、また与えられた役をやる。それだけっすね」

野々村は口笛を吹いた。

マンションの前で草野はタクシーを拾って帰った。

野々村とふたりで江古田駅へと向かう道を歩いた。くねくねと曲がる商店街だ。

「決して振り返るなよ」

唐突《とうとつ》に、野々村が言う。

「えっ？」

「俺もあんたも尾行されている」

「まじですか」

「俺は三日前からそんな気がしている。まっすぐ前を向いて歩けよ」

「はい」

「俺はこの仕事が二週間になるが、前に一緒になった女キャストから、三週間以上続いているキャストは草野さんだけだと聞いた」

「さすがにイヤになるんでしょうね」

「そうじゃない。消えちゃうんだ。本当に消えちゃうんだって」

「それってどういうこと？」

「だいたい二週間で新しいメンバーが入ってくる。そうすると前のメンバーが消えるんだ」

「どこに消えちゃうんですか？」

西日を受けながら、背筋に冷たい汗が流れていくような気がした。

「わからない。けれど、こんなヤバい仕事していて、帰っていいというほうが、おかしくないか。普通ならタコ部屋みたいなところに監禁されて、仕事をさせられるはずだぜ。なのに、連中は俺たちを毎日帰してる。俺は気が付かなかったが、初日から、見張られていたようだ。翌日に金を渡されるので、そう簡単に逃げはしない。だが、きちんと行動は見張られているんだ。気持ち悪いんだよ。俺、最初は、半グレに捕まっちまったとばかり思っていたんだけど、どうもそれと感じが違うんだ」

ちらりと横を向くと野々村は怯えた視線を向けてきた。先ほどまでとはえらい違いだ。怖いからやたらとやんちゃな素振りをみせていたんだろうか。

「私たちの報酬はいくらなんですか？」

ふと訊いた。

「今日の場合、弁護士報酬が俺らの取り分だ。三人で割る」

三十万ということだ。悪くない報酬だ。美奈は軽く口笛を吹いた。翌日、その報酬が出るなら、必ず行くだろう。

「けれども、来なくなったスタッフがいる。昨日までいた女が、今日は来ていない。代わりにあんたが来た」

「えっ？」

そういえば、昨夜多香子に唐突に呼ばれ、今日の仕事となった。思えば急すぎる話だった。

「俺が、明日いなくなったら、この金を下北沢《しもきたざわ》の『ストリップ』ってバーのママに持っていってくれないか。俺の劇団の主演女優だ。次の公演の足しにしてくれと」

言うなり野々村は、ショルダーバッグから分厚い封筒を取り出し、さり気なく美奈のトートバッグの中に放り込んできた。

「えっ、うそ」

駅の近くまで来ていた。巨大なパチンコ店の前で、不意に野々村が立ち止まる。

「三百万ある。二週間で四百万ほど手にしているけど、百万は逃亡資金だ。あんたも一週間が過ぎたら逃げることを考えろ。そうじゃないと、いずれ拉致されると思う。以前に早川が『演技がうまいやつは香港《ホンコン》送りですよね』と誰かと電話しているのを盗み聞きしてしまったことがある。俺は明日は行かないから。だからと言って、あんたと草野のおっさんの取り分が増えることはないだろうが、もはや金の問題じゃない。俺はまだ命が惜しい。じゃあな。ここの裏口から消えるから」

すっとパチンコ店の中へと消えていった。混雑している大型店なので、すぐにその背中は見えなくなった。

さすがに美奈は、背後を振り返った。大学生らしい集団が笑いながら歩いているが怪しい感じはしなかった。夕方前の商店街とあって主婦の姿も多い。

人相の悪い男たちは、見かけなかった。

まっすぐ池袋から山手《やまのて》線に乗り換え新宿《しんじゆく》を経由して中野のマンスリーマンションに戻った。ここは警視庁のいわば隠れ家だ。警報装置がついているが、これは警備会社へ繋がっているのではなく、警視庁の組対部暴対課に直接繋がっている。緊急事態を知らせると、たちまち最寄り署のマルボウが駆けつけてくるはずだ。

だが帰宅しても、野々村から聞いた拉致への恐怖感は消えなかった。潜入捜査をしている以上、身元が露見する危惧は常にある。

二十四時間、警視庁が自分を見張ってくれているわけではないのだ。

同時に強い良心の呵責《かしやく》に苛《さいな》まれた。今後数百人の被害者が出るのを防止できる可能性のためとはいえ、今日の午後、自分はまったく罪のない主婦から三百九十万円の現金を騙し取ることに加担したのだ。

ＣＳ放送の音楽チャンネルを見ながら気を紛らわせたが、なかなか落ち着かない。ひとりでいると不安が募るのだ。どうやら潜入捜査とは、孤独との闘いでもあるようだ。

午後十時四十五分過ぎ、森田に電話を入れることにした。多香子に特殊詐欺のバイトを持ちかけられた時点から、定期的に連絡をするのは避けていた。

森田のほうは相変わらず、夜の六本木に潜伏しており、生活の時間帯が変わっていたからだ。

前田優愛としてダンサーの毛利アキラに電話する。ツーコールで森田が出た。

「おいっ、こっちは深夜の二時から六本木や西麻布に出るんだ。起床は午前零時。いま熟睡中なんだから勘弁してくれよ。明日の朝、こっちが部屋に戻るころに電話する。そっちが起きるころだろ。悪いな。いまは寝ることが先決なんだ」

「ごめん、朝の電話、待っている」

そう答えるしかなかった。森田は森田で、キャバ嬢や半グレの動きから特殊詐欺のトップがどこにいるか探ろうとしているのだ。睡眠の邪魔はできない。

しょうがないので、テレビを見つめ続けていると、午後十一時近くにスマホが鳴った。

多香子からだった。すぐに出た。

「今日は上出来だったみたいね。昇格させてよかったわ」

「あっ、とんでもないです。もう足がガタガタ震えて大変でした」

「まぁ、初日は誰でもそうよ。ねぇ、気晴らしに六本木に出てこない、『スター』でレゲエ踊ろうよ。ついでだからサックスも持ってきて」

多香子はすでに酔っているような声だった。相変わらず有無《うむ》を言わせない調子だ。

「わかりました。タクシーですぐに行きます」

今日一日の疲労感はあるが、多香子に会ったほうが何かわかる気がした。

アルトサックスの入ったハードケースを担いで、部屋を出た。湿気の強い夜の通りへ出た。タクシーを拾おうと大通りを目指して歩く。

正面から黒のミニバンがやってくる。住宅街で道が暗いせいかハイビームにしていた。ライトが眩しくて、視界が遮られた。美奈はミニバンをやり過ごそうと、路肩に寄った。すれ違いざま、ミニバンは急停車して、スライドアが開いた。太い腕が伸びてきて、肩から下げていたサックスのハードケースを掴まれた。

「いやっ」

振りほどこうとしたが、強引に引っ張られた。上半身が車内に引きずりこまれる。

「何する気！」

ハードケースを振り回そうとしたが、いきなり額に拳が飛んできた。

「くはっ」

瞬間的に脳震盪《のうしんとう》を起こした。後部席に転がり込む。吊り上げられた。ミニバンはそのまま走り出した。

「まったくねぇ。初日でバラされるとは思わなかったわ」

目をこすりながら、声の方向に視線を向けると、多香子の顔があった。隣にプロレスラーのような男が座っている。髭面《ひげづら》に迷彩服。まるで東欧で活躍する傭兵《ようへい》のようだ。

「これ、どういうことですか？」

「野々村が脱走したから、捕まえただけよ。まったくね。もう一週間は、使いたいと思っていたけれど、この時点で逃げを打っちゃうとはね。しかも、あなたに警告までしていくなんて最低。再教育しなきゃね。あなたのことは、もう少し演技のレッスンをさせようと思っていたんだけど、もうそんな細かな仕事は切り上げね。一気にわたしらの中枢に入ってもらう」

車は六本木に向かっていた。

「いや、だから、なんでですか」

「あなた海外デビューしたほうがいいのよ。香港に行きましょう。あなたのサックスをフィーチャーした映画を作る。もうパスポートも用意してあるから」

対面する座席で、多香子は不敵に笑い、ハンドバッグから注射器を取り出した。

「今夜は昂ぶって眠れなかったようだから、ぐっすり眠らせてあげる。心配しないで、覚醒剤とかじゃないから」

「やめてください！」

立ち上がろうとしたが、プロレスラーのような男に、がっちり肩と腕を押さえ込まれた。

半袖のカットソーを着ていたので、ひとたまりもなかった。静脈にすっと針が刺さった。

「ゆっくり、おやすみなさい」

針が抜かれると同時に、身体全体が冷たくなるような感じがして、瞼《まぶた》が重くなった。

カットソーの裾が捲《めく》られて、多香子の手のひらがブラジャーの中に入ってきたところで、意識がなくなった。

5

黄昏《たそがれ》どきの日本橋。

室町《むろまち》のタワービルから出た三華物産の秋元直樹は、ゆっくりとした足取りで日本橋北詰から、京橋《きょうばし》方面へと歩を進めている。

黒須路子は、十分な間を取りながら尾行を開始した。定点監視の二日目だった。

秋元の面《めん》を割るのに手間取った。国際文化事業部の開発課課長代理で、間違いないというところまでは、ネットで突き止めたが、顔写真が載っているわけではない。さりとて、大泉理恵子を三華タワーの前で見張りさせるわけにもいかない。

路子は国際文化事業部に、毎朝新聞出版部の女性記者にアポ取りをさせた。もともと黒須機関には、毎朝の記者が在籍していた。川崎浩一郎《かわさきこういちろう》だ。残念ながら、川崎は一年半前に路子とともに追っていた事件で命を落としてしまった。

能村悦子《のうむらえつこ》は川崎の妹分のような存在だった。本来は週刊誌の『マンデー毎朝』のグラビア担当で、女優の初脱ぎ、初ヘア出しを得意とする編集者だった。

その彼女が、ヤラセ取材を買って出てくれた。

アポ取りに成功した悦子は堂々と三華物産の中に入り、応接室でたっぷりと写真を撮ってきてくれた。理恵子に確認すると、西麻布のバーに現れていた商社マンに間違いなかった。

その秋元が目の前を歩いていた。午後六時である。最寄りの『三越前駅《みつこし》』は使わず、日本橋一丁目まで、そぞろ歩いている。

昨日は、百貨店のネクタイ売り場を眺め、その後銀座まで歩いている。途中で大手文房具店に寄り、万年筆売り場を眺めていた。

普及品のボールペンをとり、試し書きをしていた。気になり、数分後に路子も万年筆コーナーに寄り、秋元が書いた紙を見た。

「ＡＫＩＭＯＴＯ。アキモト、秋元直樹、今夜もスターだし」

あんぽんたんな走り書きだった。

舌打ちをしながら、そのメモを確認している間に、秋元はどこかに消えていた。店内を足早に動くと目立つので、諦めた。

今日は百貨店には寄らず、老舗の大型書店に入った。路子は、後に続いた。

秋元が洋書コーナーを回り始めた。ビジネス、小説、語学、様々な棚を丹念に見て回っている。

場所柄外国人の客も多い。路子は遠巻きに見守ることにした。

昨夜の文房具店の万年筆コーナーといい、この書店の洋書コーナーといい、とても尾行がしづらい場所だった。目的を持った限られた客しか立ち寄らない場所だからだ。

秋元が何か、分厚い洋書を一冊、棚から引き抜き、ページを捲っている。ふと指をとめ、栞《しおり》を引き抜いた。いや、厳密にいえば栞のように見えただけかもしれない。凝視した後、素早くその紙片をポケットに入れた。

なんだ？

栞でも万引きになるはずだ。

秋元は、次の瞬間、洋書コーナーを後にした。彼が手に取った書籍を確認したかったが、今日も見失うことになるやもしれないので、路子は距離を保ったまま、後を追った。

書店を出るかと思いきや、秋元は三階にあるカフェに入った。カフェと名乗っているものの、ハヤシライスがウリの立派な洋食店のような構えである。

ガラス張りの窓から店内の様子が見えた。

秋元が、隅の席に腰を下ろすのを見届け、路子は、いったん洋書売り場に戻った。秋元が書籍を引き抜いたあたりを観察する。

抜き取った書籍がどれであるかまでは特定できないが、そこはビジネス書のコーナーであった。いくつかの書籍を抜いてみる。どの本にも栞はなかった。

ということは、あれはメモカードでなかったのか？

古典的な伝言。

諜報《ちょうほう》の世界では、現在でも最も安全な手段として、こんなアナログな伝言方法が使われている。

と、そこに考えが行きついたとき、路子はしまったと舌打ちをした。

すぐに周りを見てはいけない。心臓が早鐘《はやがね》を打った。あえて、何冊もの書籍を手に取り、一冊を購入することにした。高額な経営学の本のようだったが、いまは購入したほうが賢明であろう。

もしも秋元が諜報に関係していたならば、メモを受け取ったかどうか監視する見張りは必ず、ここには居り、そのうえ尾行者にも注意を払っているはずだった。

しまった、と思ったのはそのためだ。

息が詰まる思いで、ゆっくりとレジに向かう。気のせいか、周囲にいた外国人数人がいずれもどこかの国の工作員のように思えた。

レジで支払いを済ませた。

路子はあえて三階のカフェに入った。監視されている可能性は捨てきれないが、もはや引くタイミングではない。

監視の有無も探るべきである。

席につき、このカフェの名物であるハヤシライスを頼んだ。笑ってしまうことに秋元もハヤシライスで、すでに食べ始めていた。

秋元のすぐ隣にすわってやる。じろりとこちらを見るのがわかる。

路子はまったく無視してスマホを眺めていた。じきにハヤシライスがくる。

実に美味しい。秋元も黙々と食べている。

スプーンを運んでいると、ドキリとした。さきほど洋書コーナーで見かけたいかつい外国人がカフェに入ってきたのだ。

離れた席で、じっと路子の顔を見ていた。

これも無視して、ハヤシライスに集中する。食べながら、銀座のスナック『ジロー』で開店準備を手伝っているはずのマリにメールを送った。

『もし私が、今夜零時を過ぎてもメールを入れなかったら、この番号に電話入れて』組対部長、富沢誠一の個人電話の番号だった。すぐに『了解！』との返信があった。

秋元がちょうど食事を終えたタイミングだった。

ひとりの小太りの中年男が入ってきた。顔色はやたらにいい。腕に翡翠《ひすい》のブレスレットをしていた。扇子をパタパタと振っている。

「秋元先生、こんにちは。玉村《たまむら》です」

汗かきなのか、中年男は、ハンカチを取り出し、額を拭いている。日本語の発音が少しぎこちない。同じアジア系の外国人か？　相手の名前に先生とつけるのは、中国人に多い。

「すみません。今回は急ぎで。明日中に出せますか」

秋元は、スマホをかざして見せた。

路子はその瞬間にあえて手を挙げた。ウエイトレスが歩み寄ってくる。

「お水のおかわりをお願いします」

「はい。お待ちください」

このあいだに秋元のスマホを盗み見る。

秋元は、サキソフォンを構えた女とひょろりとした男の画像を、玉村に示していた。玉村は凝視していた。自分の網膜にその人物の顔を焼き付けているかのようだった。

自分たちに関係なくオーダーをしている隣客を、秋元は気にしなかった。新しい水はすぐにきた。

「わかりました。手配しましょう。いつどこに迎えに来ますか？」

恵比寿様のような笑顔を浮かべたまま、玉村は汗を拭き続けていた。

「それはまた……後で。彼女のほうから」

秋元は口に出さなかった。

「はい、後で、ですね。あの人からですね。ＯＫです。私、いろいろ用事あるので、これで帰ります。では、後でね」

玉村は、何も頼まず席を立った。

さりげなく路子も立った。

中央通りに出ると、玉村の背中をすぐに発見した。通りを渡った百貨店側の歩道を銀座方向に歩いている。

路子は、車道を挟んだ逆側の歩道で追った。この男が何者か知りたい。そのほうが秋元のこれからの行動よりも重要な気がした。

茜色の空がやけに輝いて見えた。梅雨の合間の夏空だった。玉村は、どんどん進んでいた。年寄ほど歩くのが速いものだ。

路子は斜め前方に、玉村の姿をとらえたまま、同じ速度で歩く。京橋を越え、いつの間にか、中央通りと呼ぶよりも銀座通りと呼ぶエリアに入った。

銀座二丁目。

玉村の姿がすっと消えた。

路子は一瞬焦ったが、すぐに走らず、ゆっくり横断歩道を渡った。

玉村の行先は想像がついた。

そこは昨日、秋元が立ち寄った有名文房具店の前だった。路子は入店した。ぶらぶらと歩く。やはり玉村は、万年筆コーナーにいた。だが、すぐに出口へと向かっている。

メモを確認したのに違いない。

路子は、万年筆コーナーに寄った。試し書きの紙を見る。線や曲線がやたら多いが、いろいろ名前もある。漢字に交じって筆記体のアルファベットも多い。ほとんどの客が、ここでサインの練習をするのだろう。

ある名前に、路子の眼が釘付けになった。

『清水谷多香子。タカコ、6スタ。6。たかこ。ナオキ、バーカ』

その横に『王東鳳《ワントンオウ》』とサインがある。

まさに諜報員ならではのアナログな伝達の極みだ。

清水谷多香子のなりすましが、書き込んでいたのだ。そして玉村の本名は王。中国人だ。これで多香子と秋元が繋がった。刑事時代であれば、すぐにこの店の防犯カメラの記録を回収するところだが、いまはしない。外部の潜入機関である黒須機関はあくまでも、警視庁とは接触せずに事を運ぶことになっている。

そのぶん、違法捜査も許される。

6スタ。6。

この符牒《ふちょう》が、さきほど秋元が王に依頼していた件の「いつ、どこに」なのではないか。

6スタ。6。

胸底で念仏のように唱えながら店外へ出て、路子は、理恵子へ訊いてみようとスマホを取った。

そういえば、昨日の秋元はスターと書き込んでいた。スターと6スタ。

関連はあるのか？

そんなことを考えながら銀座三丁目へと向かいだした瞬間だった。

前後左右を背の高い男たちに囲まれた。タワービルの中に埋まってしまった気分だった。見上げると全員、外国人だった。

そのひとりが言った。

「あんたが捜している場所に、連れて行ってやるよ。声出したら、真っ裸にするぜ」

先ほどの洋書店のカフェで見かけた男だった。背中と左右の脇腹に刃物が当たる感触があった。一重二重に大柄な外国人に取り囲まれているので、周囲の目は遮断されていた。

「楽しみだわ」

路子は本気でそう思っていた。

6スタ。6。の符牒を解くのには、かなりな時間を要すると思っていたので、相手から動いてくれたのは、助かった。

手にしていたスマホだけは、コンクリートの上に叩きつけ、なおかつローファーの踵で踏んだ。粉々になった本体からシムカードが飛び出した。そいつも思い切り蹴飛ばす。小さなチップが車道へと飛んで行った。これで、マリが今夜の零時には、富沢に異変を知らせてくれることになる。

「ヤーティエビャーウービュー（あんたを殺してやるよ）」

男が、凄んだ。

ロシア語のようだった。

第五章　悪女と天使のデュエット

1

やたら太い低重音だけがコンクリートの床を伝ってきた。ドン、ザッ、ドド、ザッ、ドーン、ザッという感じだ。

その地響きのような音と、黴臭《かびくさ》さに鼻腔《びこう》を刺激されて、美奈は目を覚ました。

ハッとした。

ダンガリーシャツとワイドパンツは脱がされていた。室内は闇に包まれているが、仰向けに寝ている自分の白い肢体はぼんやり見えた。

両手両足は、縛られていた。肌に触れる感触からしてこれは麻縄のようだ。

暗闇の中で目を凝《こ》らすと、ベージュのブラジャーとショーツはつけられているのがわかった。

「俺が知る限り、まだ凌辱《りょうじょく》はされていない。この先はわからないがな」

右前方のほうから聞き覚えのある声がした。

「野々村さん？」

口の中が乾ききっていて、喉もかさついていた。睡眠が水分を奪う。

「そうだ。悪かったな。俺がドジを踏んだ。パチンコ店にも見張りはいたんだ。たぶん、詐欺組織に雇われている半グレだな。俺が仕事の帰りに何度かあそこで遊んでいるのを、確認していたんだろ。つまり初日から監視されていたってことさ。あいつらは、常にカツアゲとかやっているから、裏から逃げられるような場所とかはすべて知っていたようだ。まいったね」

野々村の声にも力はなかった。

「逃げようとしたら捕まったんですか？」

「そう。一万円ほど飲まれて、さりげなく裏口を出たら背中を摑まれた。カツアゲかと思って、十万払うと言ったんだが、いきなり注射を打たれちまった」

「暴力は振るわれていないんですか」

「あぁ、殴る蹴るとかはされていない。けど、目が慣れてきても俺を見ないでくれ。逃亡を防ぐためだろうが、裸にされている」

「私だって、そうでしょう。あっ、見ないでください」

美奈は身を捩《よじ》った。身体ごと固定されているわけではないので、回転は出来た。うつぶせになった。

「尻がでかいんだな。すまん、これはセクハラ発言だな。だけど、あんたの尻はいい。冥《めい》途《ど》の土産になる」

「変な言い方しないでください」

うつ伏せをさらに半回転させて元の状態に戻す。

――なにやっているんだろう私。

極度の恐怖感から、脳も体もぎこちなく動いている。

仰向けに戻り、しばらくすると、野々村の言う通り、暗闇に目が慣れてきた。

右斜め方向に、野々村の姿が見えてきた。

「わっ」

思わず叫ぶ。真っ裸で、円柱に括《くく》りつけられている。

「だから、見るなって言っただろう。俺のほうは、パンツも脱がされているんだ！」

「いや、でもなんで、勃起《ぼっき》しているんですか！」

美奈も喚《わめ》くように言った。

「しょうがないだろう。俺はストレートなんだ、下着姿の女を見たら勃《た》つだろう」

「勃たせないでください！　そういう思いで見ないでください」

よく知らない男の性的対象になること自体に、むかついた。

「俺だって、こんな恰好悪い姿は見せたくない」

押し問答になった。

そんな場合か、とも思う。この際、野々村の勃起には、目をつぶるしかない。手も後ろ手に括られているので、ひとりで抜くわけにもいかないのだ。

「発射だけは、しないでくださいよ」

毅然と返した。

「すまんな。普通の話をしていたほうが萎《しぼ》むと思う。それにしても、ここはどこなんだ。工事でもしているような音がちょっと前からしている」

「たぶん……」

美奈は耳を澄ませた。ドン、ザッ、ドド、ザッ……。

エレキベースによるスレンテンのリディムだ。

「……レゲエクラブだと思う」

六本木の『スター』の内部ではないか。多香子と初めて出会ったクラブを連想した。

「クラブ？」

野々村は、不思議そうな顔をした。あまり縁がないようだ。野々村の勃起はさらに反《そ》りかえるほどになっている。

「そう。レゲエで踊らせる店。ついついそこを見てしまう。

六本木かもしれない。これはレゲエのリズムパターンに間違いないと思う」

美奈は思ったままを伝えた。いまもベース音が聞こえている。レゲエではリズムをリディムと呼ぶなどという専門的な解説は省いた。

「やっぱ、あんたはそういう方面の専門家なんだな」

「やっぱりって、どういうことよ」

「八時間ぐらい前に半覚醒して『音楽隊に行かなくちゃ』って言っていた。女がやってきて、注射する直前だった。俺は目覚めていたが、まだ薬が効いているように寝たふりをしていた。結局俺もその時打たれて、また眠らされてしまったのだがな」

野々村が言った。

まったく記憶がない。二度も睡眠剤を打たれたということか。

「ここに放置されて、どのぐらい経つのでしょうか」

二度眠らされたようなので、時間に対する感覚がなくなっていた。

「あんたが、ここに来る前に注射されたのは何時ごろだ？」

「私は午後十一時過ぎ」

確かそんな時刻だ。

「あんたが、ここで打たれたのは、午前中だと思う。女と一緒に入ってきた男との会話がそんな感じだった。『俺、今朝は十時出社にしているからさ』とか言っていたから……計算してみる」

そう言って野々村は虚空《こくう》を睨んだ。勃起も天を突いている。いやになってしまう。

「一回の注射で約十時間眠らされていたとしたらあの時は朝九時だ。同じ量だったら、いまは夜の七時頃ってことじゃないか」

「きっとそうよ。あのレゲエのリズム、ちょっと前から聞こえてきたんでしょう。クラブが開くのは、だいたい七時よ」

と、その時いきなり扉が開いた。通路の明かりがさし、レゲエの音がはっきりしたサウンドとなって流れ込んできた。スネアやハイハットの音が小気味いい。光でこの部屋が八畳ぐらいの大きさで、楽器やアンプ、スピーカーの類の倉庫だとわかった。美奈のサックスケースも置かれている。

黒いスーツを着た外国人の男が、どやどやと室内に入ってくる。

「まぁ、先客がいるとはね。私、相部屋苦手なんだけど」

女の声がした。低くどすの利いた声だ。

「選挙に首を突っ込んだりするからさ。あんたはペルソナ・ノン・グラータ（好ましからざる人物）。排除させてもらう」

長い黒髪の女の腕を摑んでいた一番大柄な外国人が言う。

身長は美奈よりも少し高いようだ。一七〇センチぐらいだろうか。細いが華奢《きゃしゃ》ではない。ＯＬのようなグレーのパンツスーツ姿だが、ワイシャツから伸びた首は太い。耳も反っている。何よりうらやましいのは小顔だ。それもモデルのようなくっきりした目鼻立ちだ。

「グレゴリー、あとはこっちが引き受けるから心配するな」

背後から入ってきた日本人の男が、女の腕を引き取った。昨夜、美奈をミニバンに引き込んだプロレスラーのような男だ。

グレゴリーが頷き、部屋から出て行った。他の男たちも続く。入れ替わるように清水谷多香子が入ってきた。手に注射器を持っている。

「はい、ぐっすり眠ってねぇ。木村《きむら》君、その女の腕を押さえて」

プロレスラーのような男は、木村という名のようだ。

「あら、女医さん登場か。役者がそろってきたわね。女医役ってのも大変ね」

女は拉致されてきて、睡眠剤を打たれそうだというのに全く動じていない。鋭い眼光を多香子に向けているだけだった。

——女医役？

美奈には女の言っていることがよく理解できなかった。

「余計なことを言わないで」

すっと針を刺した。女はすぐにぐったりとなり、壁に背をつけたまま、滑り落ちた。長い黒髪が頬の半分にかかっている。やたらセクシーな表情だ。

自分たちのように服は脱がされず、手首には手錠がかけられた。警視庁の手錠とはタイプが違う。

「このふたりも黙らせないと」

「はい。打っておいてください」

木村がにやにやしながら、美奈に近づいてきた。バストを握られる。ぎゅっと握られた。

「いやっ」

「やっちまいてぇなぁ」

木村が言いながら、腕を引っ張った。

「私もよ。おっぱいチューチューして、指を差し込みたいわ」

多香子が言いながら、あたらしい注射器で刺してきた。

「んんっ」

斜め前で野々村が呻《うめ》き、しぶいた。勢いよく飛んだ精液が、多香子の真っ赤なスカートに飛ぶ。ヒップのあたりに、ぴちゃっとくっついた。

「うわっ、なんてことすんのよ。私に精液を飛ばすなんて！」

多香子が恐怖に顔を歪《ゆが》めた。注射は打ち終わっている。

「てめぇ！」

木村が振り向き、野々村の陰茎をブーツの尖端で回し蹴りにした。

「あうぅう。わざとじゃないっすよ」

叫んだその瞬間に、もう一波、精液が飛んだ。木村の顔に向かっている。

「おわっ〜、汚ったねっ。あ〜ぁ」

首筋に当たったようだ。レズビアンもストレートの男も、精液には弱いらしい。こんな修羅場《しゅらば》に直面しながらも、美奈は相棒の森田ならどんな反応をするのだろうなどと、考えた。

「ぐわっ」

木村の怒りを買った野々村は、睾丸《こうがん》を思い切り蹴り上げられ失神した。陰茎はようやく萎んでいた。

「ミンザイ、要らねぇんじゃないっすか」

「そうね。起きても、暴れないだろうし」

多香子が、そばにあったアンプに尻を擦り付けながら答えている。精液を拭っているのだ。

ふたりは出て行った。

徐々に眠気が回ってきた。

「眠っておきなさいよ。朝の六時までは絶対に殺されないから」

壁に背をつけ足を投げ出していた女が、静かに言った。頭を軽く振って黒髪を背後に飛ばしている。よく見ると精悍《せいかん》な顔立ちだった。

「はい？」

「ここ六本木の『スター』でしょ」

「たぶん」

美奈は答えた。

「だったら間違いないわ。六本木の『スター』に六時に迎えが来るのよ」

女は独り言のように言っている。

「勝負は移動のタイミングになる。何とかするから、とにかく体力を消耗させないで。逃げるときは全力を振り絞らないといけないから」

そして笑顔だ。

「あの、あなたは？」

「一般的には芸能プロモーターっていうのかな。イベント運営会社の経営者。ちょっくら政界に首を突っ込んだもんだから、攫《さら》われたみたい。黒須っていうの。あなたたちは？」

「私は前田。サックス吹きです。そこにいる野々村さんのことは知りません」

「ふーん。なんで拉致られたの？」

「ちょっとヤバいバイトに手を出して……彼は逃げようとして捕まったみたいで、私はその事情を聞いちゃったってことで」

詳しく説明するべきかどうか、迷った。しかもいまは睡魔のほうが強い。

「ヤバいバイトって、特殊詐欺とか？」

黒須という女の眼光が光った。凄みのある輝きだ。芸能プロモーターというよりも女ヤクザだ。さもなくば刑事。

「えっ、あっ、その辺は」

美奈はごまかした。同時に瞼《まぶた》が落ちてきた。

「まずは、寝るとしますか、前田ちゃん。勝負は明日……」

そう言って黒須も静かに目を閉じた。なんだか、勝てそうな援軍が来たような気分になった。

――ウクライナにも、もっと援軍が行ってあげればいいのにな。

美奈はそのままオチた。

2

いきなりホイッスルが鳴り、覚醒させられた。警察官が使う警笛よりも甲高《かんだか》い感じだ。耳を押さえようにも手足を縛られているので、どうにもならない。ちょうど睡眠剤も切れてきたようで、音は脳天に突き刺さるような勢いで聞こえる。

小太りの男が、サンバホイッスルのような笛を咥《くわ》えながらやってきた。

野々村もビクンと身体を震わせていた。陰茎は萎《しお》れたままだ。

「うっせえな！　王《ワン》タンメン！　まだ眠いのよ！」

叫んだのは黒須だった。

両手にハメられた手錠の鉄輪で、ガンガンと床を叩いている。床がひび割れ、手錠が壊れそうな勢いで叩いていた。

「おいっ、手錠を壊すんじゃない！　あんたもう私の名前、覚えたとはね。さすが秘密警察だな。あんたのことはロシアに売るよ。上海も香港もあんたみたいな女、喜ばないからね」

小太りの男が、ホイッスルを外し、喚きたてた。会話からして中国人らしい。本当にワンタンメンというのか？

——秘密警察って何、黒須さんって同業者？　えっ？

美奈は混乱した。

「そういう王ちゃんは、中国諜報員ってところね。ずいぶんと日本で好き勝手してくれるじゃん。しかもロシアマフィアと手を組むなんて最低ね」

黒須は、手錠をつけたまま立ち上がった。まったく怯《ひる》まない。

「好き勝手なことを言えるのも、この国にいる間だけだ。自由のない国に連れて行ってやるよ」

王が顎を引いた。

「さぁ、車に乗せちまってくれ」

王の一言で、木村がその手下を連れて入ってくる。黒色のシュラフが三袋持ち込まれてきた。美奈の前には木村がやってきた。

「殴られたくなかったら、自分から積極的に入れ。そのために起こしたんだ。寝てるやつを動かすのは面倒くせぇし」

木村がブラジャーの上縁から人差し指を忍び込ませてくる。

「いやっ、触らないでください！」

美奈は身を捩った。

「名残惜しいなぁ。舐めたかったよ、ここ。つねったり、ひっぱったりもしたかったぜ」

右の乳首を、ちょんちょんと刺激された。

「いやぁあああああああ」

美奈はホイッスルよりも大きな声を上げた。

「でっけぇ。おめぇ、乳首でっけぇ。こんなの見たら、多香子さんは、びしょびしょになっちゃうぜ」

親指と人差し指で摘ままれた。

「やめて！」

美奈は身体を床の上で回転させた。

助けを求めるように黒須のほうへ転がった。黒須が耳元で囁《ささや》いた。

「無駄な体力を使わないで。乳首ぐらい、なによ。逃げるチャンスは必ず来るから」

クールだ。

「あっ、はいっ」

「木村、なにをやっている。乳なんか摘まんでるんじゃないっ。さっさと運べ」

王がふたたびホイッスルを鳴らした。耳が痛い。高音を聞かされ続けると、脳までおかしくなりそうだ。

美奈は尺取り虫のように身体を動かし、シュラフの中に入り込んだ。

「うがっ。入ります！」

別な男に陰茎を蹴られた野々村も、同じような恰好でシュラフに潜り込んでいた。

「はいはい。もうひと眠りさせてもらうわ」

足を縛られていない黒須だけが、歩いて、シュラフに歩み寄った。手錠をされた手首を胸の前に置いて、入り込んでいる。

シュラフの中で仰向けになっていると、急に頭巾《ずきん》が被せられた。視界が真っ黒になる。

首の周りで紐《ひも》が絞られる。巾着状《きんちゃくじょう》の頭巾だ。

恐怖に心臓が破裂しそうになる。このまま首を刎《は》ねられるのではないかと思い、失禁しそうになった。

チビらずにすんだのは、黒須の余裕の声だった。

「ありがとう。このほうがアイマスクより効果満点ね。退屈だから歌でも歌っていい？」

「っざけんな！」

木村が怒声をあげる。

「身体は大きいのに、心は狭いのね。アソコもちっちゃいんでしょう。だから野々村の巨根にジェラシーなのね」

平気で挑発している。美奈は再び勇気をもらった。どんな窮地に立っても、ビビらないハートは凄い。

「木村、その女に構うな。さっさと車に運べ」

王が命じている。

「へいっ」

木村の声がしたとたんに、両肩と足首が持ち上げられた。ふたりがかりで運び出されているようだ。

身体が斜めになった。階段を上がっているようだ。やはりここは地下室だったのだろう。

車に放り込まれたようだ。

続いて二体のシュラフも運ばれてきたようだ。人間が三体転がせるのだから、それなりのサイズの車両ではないだろうか。すでにエンジンはかかっている。

「おっし。王さん、後は頼んだ。俺らも、後を追うから」

「心配ない。バイヤーもう手配済みね。そのままコンテナで運ぶ」

木村の声と共に、バーンと扉が閉まる音がした。車内はやたらゴム臭かった。

じきに車両は動き出した。

三分ぐらい走ったところで、歌声が聞こえてきた。

『さくら』。

森山直太朗《もりやまなおたろう》の名曲だ。というか森山直太朗といえば、これしか知らない。美奈が小学生の頃に流行《はや》った曲だ。

ひとしきり歌ったところで、歌が止んだ。

「荷台に見張りはいないってことね。ふたりとも生きていたら声を出して」

黒須路子の声がした。

「黒須さん？」

先に美奈が声を上げた。

「生きています！」

野々村の声もする。

「了解。だったら、身体が固まってしまわないように、手足を可能な限り動かして。ここからは体力よ」

黒須の指示だ。美奈も野々村も返事をした。同時にガチャガチャと手錠が擦れる音がする。

「ふはっ」

ため息も聞こえた。さらに激しい音がし出した。

「ううううっ」

うなり声と同時に、びりっと布が破れる音がする。

「二トン車だね」

黒須の声がした。

「で、黒須さん、袋から出たんですか？」

「どうにかね。ちょっと待って。どっちがだれかわかんないけど……んっんんん」

首のあたりで絞められている頭巾の紐が次第に緩んでくる。

ぱっと視界が明るくなった。唇で黒頭巾を咥えた黒須路子の顔が見えた。シュラフから抜け出してはいるが、まだ手錠はつけていた。

白い長方形の荷台だった。左右に小窓がついておりカーテンが閉じられている。そこからいくらか日差しが入っていた。一晩監禁されていた地下室より遥かに明るい。

運転席側には使い古したようなタイヤがいくつも積まれていた。ゴム臭い匂いはこれだったのだ。

「出て！」

そう言うと、黒須は野々村のほうへ回った。口で頭巾の紐を解いている。美奈は蓑虫《みのむし》のように動いて、なんとかシュラフから抜け出した。

「おぉお」

野々村も顔を見せた。まぶしそうだが、視線を美奈に向けている。ショーツのあたりをじろじろ見ている。上縁から、ほんのわずかに陰毛がはみ出ていた。シュラフからごそごそと出る際に、擦れてショーツがずり下がったようだ。

「見ないで！」

「いや、そういうつもりじゃ」

野々村がすまなそうに、頭を下げた。

「あんたも早く出て。身体は出しても、精液は出さないでよ」

こんな局面でも、黒須はジョークを飛ばしている。なんて素敵なお姉さんなんだ。

「前田ちゃん、背中を向けて。まずあんたの麻縄を切るから」

「えっ、はいっ」

美奈はもそもそと荷台の上で身体を横向きにした。ブラジャーとショーツ姿だ。同性に見られると余計に恥ずかしい。

「あんたさ。もっとシャキシャキ動けないの？　ここからは一分一秒が勝負だから」

「あっ、はい、すみませんっ」

なんとか背中を向けた。

「前田ちゃんさ、あんた、『あっ、はいっ』ばっかりね。生きていく気あんの？」

黒須が言いながら、左右の手錠をつなぐ鎖で、麻縄を擦り始めた。紐があちこちに食い込んで激痛が走る。美奈は呻《うめ》いた。

「悶《もだ》えていないで、そっちも動かしなさいよ！」

「あっ、はいっ」

また言ってしまった、と思いつつも手首を、手錠とは逆の方向へ揺する。黒須が唐突に言った。

「エッチの経験少ないでしょ」

「はい？」

「抜き差しに対する合わせ方が下手！　まぁ、私もあんまり得意ってわけじゃないけれどね」

しゅっ、しゅっと鎖を動かしている。

ピシッ。切れた。腕が急に緩くなる。

「どぉ？　どうにかなりそう？」

「あっ、はいっ、いえ、どうにかします！」

美奈は懸命に手首を動かした。一箇所が切れると、縛《いまし》めが俄然弱くなった。じわじわと緩みだす。解けそうだ。

「男はちょっと待って。私か彼女のどっちかの手が自由になったら、外してあげるから。あら、ちょうどいい道具を見つけたわ」

シュラフから抜け出したばかりの野々村に、そう伝えると、黒須は荷台最後尾のドアのほうへ寄った。

内側からも開閉が出来るように、ドアレバーがついていた。そのレバーに路子は手錠の鎖をひっかけている。

ギーギーと金属の擦れる音がする。耐え難い耳障りな音だ。美奈は総毛立《そうけだ》つのを感じた。思わず身悶えしてしまうので、縄の締め付けが大きく緩みだした。

「あ〜、頭がおかしくなりそう」

黒須もそう叫んでいるが、決して摩擦を止めない。

三分後。

もうこれ以上この音を聞いていたら吐きそうだ、と思った瞬間、

「わっ」

黒須が前のめりになって、倒れてきた。水泳の飛び込みのような体勢だった。切れたようだ。

「ふぅ」

満面に笑みを浮かべている。

「黒須さん、凄いっ」

美奈もちょうど麻縄が解けた瞬間だった。

「さてとここから反撃だね」

「反撃ですか。逃亡でいいんじゃないでしょうか」

美奈は足の縄を解きながら、黒須を見上げた。野々村も、さかんに首肯《しゅこう》している。

「逃亡するには反撃しかないのよ」

そう言って、黒須路子は窓のカーテンを開け、外を覗いた。

「東京湾を目指しているんだろうけど、青海埠頭《あおみふとう》っぽいね。川崎《かわさき》よりも近いし」

「私たち、沈められちゃうんでしょうか」

東京湾と聞いて、美奈は愕然とした。

3

「もう朝の九時を回ったみたいね。それにしても見つけてくれるの早いじゃん。私GPSをつけていないのに」

トラックの窓の外を見ていた黒須路子が、不思議そうに眼を細めている。

美奈も一緒に窓を覗いた。

ここは芝浦《しばうら》界隈の海岸通りのようだった。レインボーブリッジに向かって進んでいる。

どこかのビルの壁に据えられた電光時計が見えた。

【7：52】

「いえ、まだ午前八時前ですよ。ほら、黒須さん、あそこの時計が」

美奈は時計を指さした。

「あら、ほんと。おかしいな、九時回ったら、あるところに連絡が入る予定だったけど、それより動きが早いみたい。なんだあの地味な車を運転している派手なおっさんは？」

黒須が、斜め後方に迫って来たシルバーメタリックのセダンのステアリングを握っているつるっ禿頭の男を指さした。

「あっ」

美奈は思わず声を発した。

それは紛うことなき暴対課の奈良林武史だ。そして助手席には森田明久が座って、こちらを見上げている。森田は美奈を指差して、奈良林に何か叫んでいる。奈良林は奈良林で、黒須を見て、顔をくしゃくしゃに歪ませて、何か大声で叫んでいた。

その真後ろには鉛色の大型ジープがいる。王が運転していた。さらには単車の一団も走っている。木村らしき体格の男が先頭にいた。

「前田ちゃん、いま『あっ』て言ったけど、なんだかあのマルボウを知っているみたいね」

「いやっ、そんなことは……」

美奈はうろたえた。

「だったら、あの横に座っているボーイズラブ系野郎が、なんで前田ちゃんを指さしているのかな？」

黒須にショーツのクロッチをぎゅっと摘まれた。

「しかもさ、後ろのジープや単車が、ボーイズラブ野郎が、あんたを指さしているのをしっかり見ちゃっているもの。無関係だとは思わないわ」

「でも、あのふたりが誰かはわからないと思うんですが」

知らぬふりをした。

「あんたばっかじゃないの。あの、ハゲがホンシャの暴対課なのは、闇組織ならトックに見抜いているわ。騙せるのは半グレの運び屋ぐらいっしょ。ほら、白状しろよ。あんたの正体は？」

「あはっ。いや、そこは……」

「私も初めてなんだよね。クリ潰しって。玉潰しはよくやっていたんだけど……正直に言いなよ」

「はふっ、ひゃっ、いや、でもなんで黒須さんこそ、助手席の男が」

「ふたりとも、私の顧客だったから。このところサポートしていないけれど、一年前までは二十万とか三十万ぐらいずつ融通していた。ふたりとも裏金が必要な任務に就いているからね。まぁ利息は破格にしてやっていたものよ」

黒須の顔に朝陽が照り付けている。

「黒須さん、あなたは……」

美奈はおそるおそる黒須の横顔を見た。

「元マルボウだけど、あんたは？」

じろりと睨み返された。

「現マルボウです……」

自然に声が小さくなった。真横にいる黒須とでは格が違いすぎる。このまま消えてしまいたい気分だ。

「奈良林の下？」

黒須が名前を出したので、これはもう間違いない。本当に大先輩だ。

「はい……本名は堀川といいます」

「ぇぇぇぇぇぇぇぇぇぇぇぇぇ、嘘だろう」

背後で、野々村が叫ぶ声がした。美奈が振り向くとまたまた勃起している。黒須に股間を摘まれたのを見て、発情したのだろう。

「ごめんね。でもサックスプレイヤーなのは本当よ。野々村さんは？」

「俺は本当に役者だよ。ちっせぇ劇団の末端俳優。たぶん、草野さんも相当な舞台俳優かなんかだ」

野々村は勃起を隠しながら言っている。

「要するに、堀川は、潜入捜査員ってことね。新人？」

「はい、ひと月経っていません」

「前所属は？」

「音楽隊です。アルトサックスです」

言うなり黒須が、軽く踊った。阿波踊りのようなポーズだ。たまげたということらしい。

「いやはや富沢も大胆な人事やるなぁ」

組対部長の名前まで出てきた。

「ですから、黒須さんは？」

「喋《しゃべ》んの面倒くさい。あとで奈良林のハゲから聞いてよ。とにかくあんたのおかげで、援軍が来たってことよ。助かったわ」

そう言うと黒須は、荷台の奥に積み重ねてあったタイヤに向かった。

「さてと、こいつを転がして、ドア側に並べて」

　言うなり路子は最上段の一本を懸命に押して、床に下ろすとドアに向かって転がし始めた。普通車サイズのタイヤをこめかみに青筋を立てて上段から下ろした体力は尋常ではない。この人は怪力の持ち主だ。

「何見惚れているのよ。あんたらもやって。横じゃなくて縦に並べるのよ」

　黒須に怒鳴られた。野々村がダッシュでタイヤに向かう。

「あっ、はいっ！」

　美奈も向かった。目的は何かわからないが、とにかく黒須の命に従うことが、賢明なような気がした。すくなくとも大先輩なのだ。

　せっせとタイヤを下ろしては転がし、ドアの前にタイヤの縦列が出来た。それも二段構えだ。総数三十個はある。

「半グレの馬鹿どもがドアを開けたら、一気にこいつを落下させるのよ。戦国時代の城の上からの石落としだと思って」

「はいっ」

　原始的だが凄い反撃だと思う。

　三十分も走っただろうか。

車が突如、スローダウンして左折した。

黒須がカーテンを薄めに開け、外を覗いた。美奈にも大量に積み上げられた車やコンテナがチラリと見えた。

「スクラップヤードね。たぶん、ここで解体された部品が、コンテナに載せられてどこかの国に輸出されるんだと思う」

黒須が額の汗を拭《ぬぐ》いながら言った。

「それに私たちも乗せられて、売り飛ばされると……」

美奈が繋いだ。

「そういうことね。積み荷検査のX線を当てられても感知されないような特殊な箱に入れられるんだと思う。だいたいね、輸入時の検閲は厳重だけと、出すときは甘いんだよね。相手国の判断だから」

「どこに売られるのでしょうか？」

野々村が訊いた。この男の全裸を見るのもだいぶ慣れた。だが自分が下着姿なのは、いまだ、羞恥《しゅうち》の極みだ。

「それがね、ロシアなのか中国なのかはっきりしない。そこを突き止めると、こっちの捜査としては見えてくるものがあるんだよね」

「黒須さんが追っているのは？」

「バーカ。言うわけないでしょう。少なくとも特殊詐欺のアタマを見つけるという捜査じゃないから安心して。そっちとはバッティングしないから」

黒須の顔には〈その手の捜査はとっくに卒業している〉と書いてあった。

車が停止した。

「さぁ、開くわよ。タイヤで敵を蹴散らしたら、あなたたちは一気に奈良林たちのほうへ走りなっ」

「黒須さんは？」

「私は、王をひっとらえる。送り出すために必ず来ているはずだからね」

黒須は窓の隅から周囲を窺っている。

ギイとドアのレバーが動く音がした。

「伏せて」

黒須の声に、三人ともタイヤの影に屈みこんだ。

「オーラ、さっさとコンテナに運びこんじまえよ。どさくさに紛れて、指ぐらい入れても構わないからよ」

木村が叫んでいる。

観音開きのドアだったので、水路が開けていくように、光が入り込んでくる。

「なんだこりゃ！」

「こんな積み方してしてねぇぞ」

男たちが喚く声がした瞬間、黒須が後列中央のタイヤを蹴った。ぐらりと車体が揺れて、タイヤが男たちのほうへと落ちていく。

「うわわわっ」

誰かの身体に当たったようだ。荷台の高さは路面から一メートルはある。その高さから落下したタイヤは破壊力がある。

「あなたたちも、早く蹴って」

「はいっ」

「おっす」

美奈も野々村も体育すわりのような体勢から、どんどん蹴り飛ばした。

後列のタイヤが前列のタイヤを押し、バラバラと落ちていた。予測不能の落下の仕方なので、敵は後退するしかない。しかも路面にまっすぐに落ちたタイヤは回転し、さらに不規則に転がり出す。

「今よ。全部落として！」

黒須が立ち上がり、今度は手でタイヤを押した。美奈も野々村も立ち上がる。木村たちはかなり後退していた。

黒須が先頭を切って荷台から飛びおりた。美奈も続く。野々村は最後だ。どうでもいいことだが着衣している順だった。

金網の塀で四方を囲まれているスクラップヤードだった。正面の鉄扉《てっぴ》はすでに閉められている。そのわきの金網をよじ登ってくる奈良林と森田の姿があった。正直、黒須先輩を見た後だけに、ダサい。

木村たちは複数のタイヤに絡まって、そこら中に転倒している。

ヤードのトレーラーに積まれたコンテナが数台あった。その前に今朝がたホイッスルを鳴らしていた王が立っていた。

「そいつらを絶対に外に出すな。タカコやナオキはどこを見てたんだ。マルボウの刑事がふたりおいかけてきているぞ。その下着女も刑事じゃないか。やっちまえ。三人ともここから出すんじゃないぞ」

王がビール瓶を放り投げてきた。青島《チンタオ》ビールのようだ。何本も投げてくる。

「わっ」

美奈は飛びのいた。目の前で瓶が、派手に割れた。液体が飛び散らかった。油臭が上がる。直径一メートルぐらいの黒ずんだ溜まりが、あちこちに出来た。

「堀川、危ないっ、それは灯油なんかじゃない。ガソリン。早く、金網に向かいなさい!」

黒須が王に向かって、思い切りタイヤを押した。猛スピードで転がっていく。

「ぐわっ」

王の股間に激突した。王はその場に両膝を突いた。手を仰ぎ苦悶《くもん》の表情を浮かべている。

「誰が裏で糸を引いているの」

黒須が王の背後に回り、首に腕を絡めた。王は苦しそうだ。

「ううっ、やめろ、死んじまう。刑事が殺しをやっていいのか」

「ガソリンまくような相手なら、正当防衛よ。だからあんたは誰と組んでいるの……」

ギリギリと締め上げている。

「俺も知らない。ただ、日本人が上海と香港にエンタテイメント企業を起こしている。オーナー名は明かされていないんだ。そいつらは中国の一帯一路《いったいいちろ》政策に加担している。アジアからヨーロッパに向けてのインフラ投資が行き詰まっている。それで中国が考えたのが文化政策だ。日本のアイドルや役者はアジアでも大人気だ。そのノウハウを生かして、チヤイナアイドルを作って、アジアを侵略するという計画だ」

「見えてきたわ。商社が入っているわけが。三華物産の国際文化事業部がそこでからんでいるのね。政界ともつながっているんでしょう」

黒須はさらに締め付けを強くしたようだ。

美奈は金網に向かう足を止めた。

三華物産に国際文化事業部といえば、秋元直樹ではないか。

金網を見た。同僚の森田と主任の奈良林が、ようやく金網のてっぺんに差し掛かろうとしていた。

ふたりとも、美奈に早くこっちへ来いと手招きしている。

そこに、野々村が先に歩み寄っている。

野々村はフルちんだ。ゲイの森田はどう反応するのか。

美奈は息を呑んだ。

森田は一瞥しただけだった。特に反応せず、よじ登ってきた。どうってことなかった。ゲイなら男の性器に反応するのではと思った自分を恥入る。まさにゲスの勘ぐりというものだ。

振り向くと木村たちが、黒須に向かっていた。

「堀川、早くこっちへ来い」

奈良林が大声で叫んでくれた。朝陽が禿げ頭に反射して眩しかった。

「待ってください。黒須先輩が！」

美奈は木村の背中に向かって猛ダッシュした。

「バカッ、黒須は単独でも闘えるんだ」

「そうよ。あんた邪魔っ」

奈良林と黒須の声がクロスした。

「でも！」

走り出した足を止められなかった。気づくと木村の背中に頭突きをしていた。

「はぁ？」

木村が振り向いた。笑っている。下卑《げび》た笑いだ。

「ううっ」

美奈のほうが軽い脳震盪を起こした。木村の背中は鉄板のように硬かった。

「このあんぽんたん女！　そいつは格闘家だよ。背筋は鋼《はがね》のようなもんだから。あんたの頭突きぐらいじゃびくともしない。早く逃げて！」

黒須がヒステリックに叫んでいる。余計なことをしてしまったようだ。

「あっ、はいっ」

美奈は踵《きびす》を返した。だがすぐに肩を摑まれた。ブラホックをバチンと外される。カップが緩んで、前にずり下がる。かろうじてトップは隠れたままだ。

「いやっ」

「指でも入れたかったがよ。そんな暇はねぇみたいだ。おいっ、そこの牝刑事《メスデカ》。玉村さんから腕を離せ、じゃないと、この女を先に窒息させちまうぞ」

首筋にハムのような腕を巻きつけられた。

「んんんっ」

一気に息苦しくなり、脳に酸素が回らなくなった。

「ったく。もう一息だっていうとこで……」

黒須は王から手を離した。

「ふん。これでゆっくり、こいつのおっぱいをしゃぶれる。どうせもう、商品じゃないってわかったんだからな」

木村の指が、緩んだブラカップの隙間から、ぬっと入ってきた。

「うちの後輩に手を出すんじゃないよ！」

黒須が右足で路面を蹴った。左足を抱え込んでいる。見惚れるほど鮮やかな上がり方だった。さすがに木村が屈んだ。美奈を後ろ抱きにしたままだ。

黒須の畳んでいた左足が、すっと伸びた。美奈の頭の上だ。

「ぐわっ」

木村の顔面をとらえたようだ。木村の手が離れると同時に、赤い血が降ってきた。木村は横転しガソリン溜まりの中央に倒れ落ちた。

「早く逃げて」

黒須の怒声に、美奈は懸命に金網目がけて走った。すでに森田もこちら側に着地していた。毛布でくるまれ、ぐっと抱きしめられる。

「六時過ぎに電話をしても出ないから、すぐにお前のマンションの付近のカメラを探索した。ミニバンの後を手繰《たぐ》って六本木の『スター』を見張っていたら、いきなりトラックが横付けになったから、怪しいと睨んで追ってきた。黒須の姉さんが一緒だったとは驚きだぜ」

そう言う森田の背中で、ぼっと音がした。刹那、熱風が飛んでくる。

「うわぁあああああ」

木村の叫び声が聞こえた。

「あの野郎、ガソリンにライターを投げやがった。連鎖的に炎が上がっている」

森田が美奈を抱きしめたまま後退した。振り返ると、飛び散ったガソリンに次々に火の手が移っていた。

散乱したタイヤにも引火しだし、ヤードのあちこちにオレンジ色の火柱が立った。炎の尖端から黒煙が上がる。

王が、事務所棟前にあった鉛色の大型ジープに向かって駆け出していた。

「くそ野郎、キンタマ握りつぶしてやる！」

黒須が追っている。

ジープの運転席ドアを開け、王が飛び乗った。ドアは開いたままだ。黒須がその開いた扉から、ステップに足をかけ、ルーフの端を握ったままジープに張り付いていた。

王が振り落とそうと、火柱の中を激しく蛇行し始めた。

「逃がさない！」

黒須はルーフの端を握ったまま、王の腋の下に膝蹴りを見舞っている。ジープが揺れた。

突如、方向性を失ったジープが、炎を上げている一本のタイヤに突っ込んだ。バーンという爆発音がした。

黒須の身体が、空に向かって飛び上がり、地面に叩きつけられた。そのわきでジープが大炎上を起こしていた。

「黒須さん！」

美奈は絶叫した。駆け寄ろうとしたが、森田にきつく抱かれ、動きようがなかった。いやいやをする赤ん坊のように、身体を動かしたが、それ以上に森田の力が強かった。

「まだ、二次爆発が起こる。だめだ」

奈良林も一緒になって暴れる美奈を押さえ込んでくる。

「黒須……」

奈良林が唇を強く結んでいた。助からないだろうという表情だ。

「いやぁあああ、黒須さんは、私のために、玉村の首から手を離したんだわ。いやぁああ、私が助けないと！」

美奈はふたりに出口のほうへと引きずられながらも喚いた。

その時、ジープがさらに大きな音を立てて爆発した。ルーフや扉が空中に飛び散り、黒須の背中にもばらばらと落ちた。

「やはり、爆発物を積んでいたんでしょうね」

森田が顔を顰めている。

「いつでも自爆テロが出来るように、トランクにマイトでもたっぷり積んでいたんだろうな」

　奈良林が漂う悪臭に鼻と口を押さえながら言った。じきに、けたたましいサイレンが幾重にも聞こえてきた。パトカーと消防車が、何台も駆けつけてくる。鉄扉がバールでこじ開けられ、消防隊員がなだれ込んできた。

一台のパトカーから、組対部長富沢誠一が、駆け出してくる。

「黒須、死ぬんじゃないぞ!」

制止する消防士を突き飛ばして、黒須のもとへと走り寄り、座り込んだ。黒須路子はピクリとも動かなかった。

　ようやく救急隊員も到着した。美奈は潮風に髪の形を変えられながら、ストレッチャーに乗せられる黒須を見つめていた。

第六章　天使のひと吹き

1

「まったくなんてことになっちまったんだ。夕子《ゆうこ》、おまえ、なんで昨夜《ゆうべ》のうちにあの女を始末してしまわなかったんだよ。『スター』になんか泊めずに、ミンザイ打ったら、そのまま台場《だいば》かどこかの海に沈めちまえばよかったんだよ。都会で孤独に耐えきれなくなった女が、ミンザイのオーバードーズで事故死っていうのはよくあることだろうよ」

秋元直樹はプールサイドをうろうろと歩き回りながら、スマホに向かって怒鳴った。

表参道にある会員制スポーツジム。午前中ということもあって、まだプールには他に人影はなかった。

「何言っているのよ。私の役目は、あくまでスカウトと昏睡《こんすい》状態にするまででしょう。直接の殺しなんて、私は絶対にやらない。それは木村君たちの役割よ。だいたいミーナを引き込むことには、あなたも賛成してくれたはずだわ」

夕子のヒステリックな声が返ってくる。

確かに、ミーナの素性を見抜けなかった自分も迂闊《うかつ》だった。

「それはそうだが。その木村も焼け死んじまったしな」

秋元は正直焦っていた。

ロシアが無謀な戦争を始めてしまったおかげで、モスクワに設立したばかりの『ユーラシア・エンタテイメントX』というプロジェクトが凍結してしまったのだ。

ここまで投資した金が取り返せなくなる。会社としても、個人としても痛手だ。

日露中による共同文化事業『ユーラシア・エンタテイメントX』とは、早い話、ハリウッドに対抗する国際的な娯楽産業を日露中で作り上げるというプロジェクトだ。

『エンタテイメントはなにもアメリカの独占産業ではないはずだ』

最初に絵を描いたのは永田町の利権屋、深澤満男だ。

日本からは三華物産とルーレットレコードが参画。新しいタイプの政府開発援助《ODA》としての資金も引っ張り出していた。

アーティストの開発や売り出し方などのソフト部門はかねてより深澤の手先として動い

ていたルーレットレコードの創業者である正宗勝男が担っている。

だがルーレットレコードには、ロシアや中国の国策会社を相手に、さまざまな駆け引きを展開する経営手腕はない。

そこで政商、三華物産の出番となったわけだ。

深澤に担ぎ出された恰好だ。

ただしもともと油田プロジェクトや発展途上国のインフラをメイン事業に据える大手商社にとってショービジネスは、ケチな商売だと思われていた。

当初は上層部の大半も乗り気ではなかった。

食品部でたいした商いが出来ていなかった秋元が、左遷同様にこのプロジェクトに回されたのは五年前だ。

中東の巨大建設プロジェクトで華々しい活躍を見せる同期をながめ、自分は完全に出世レースから脱落したと、腐ったものだ。

ところが担当者として、芸能界という異世界に入ってみると、このビジネスはオイルビジネスと似ているということがよくわかった。

ショービジネスはオイルビジネスと同じで世紀の丁半博打《ちょうはんばくち》なのである。

市場が全世界となった場合、たったひとりのアイドルを当てただけでも、とんでもない利益を生み出す世界だ。映画化権、興行権、出版権など隣接する権利がごまんとある。

そして日本のアイドル育成のノウハウは、世界に類をみない緻密《ちみつ》なものだった。

障害があるとすれば、この国が言語的僻地《へきち》であるということだった。

もしも日本のアイドルがネイティブのように英語が話せたら、興行的利益は現在の百倍、千倍になるだろう。

あるいは、日本の芸能プロデューサーたちの手でロシア人や中国人を売り出したら、それは確かにハリウッドスターたちに、大きなカウンターパンチを食らわせることが出来るだろう。

さして乗り気ではない会社をいいことに、秋元は個人的にもこのプロジェクトに投資をすることにした。

資金が必要になった。

深澤へも賄賂《わいろ》が必要だった。

深澤が政治家として、より欲深い野望を持っていることを知った。日本芸能界の支配である。一見、旧態依然とした衰退産業に見える芸能界だが、秋元の見立て通りに、世界レベルの動きになった場合、それは急成長産業に変わる。

秋元は、個人的投資をするために、特殊詐欺の手口を考案した。ターゲットをデータをもとに徹底的に絞り込む。

そして特殊詐欺にかかわらず、詐欺行為はすべてに演技力がものをいう。

まずはデータを集める機能と役者を集める機能をそろえた。

そして六本木で知り合った夕子をセレブに仕立て、そこから人脈を広げた。人脈作りは、男よりも女のほうが手っ取り早い。夕子がレズビアンだったことも秋元には都合が良かった。色恋の関係にならずビジネスライクに付き合えた。

特殊詐欺のシステムは六か月で完成した。セキュリティ装置として半グレ集団を雇った。これはルーレットの正宗が裏でまわしてくれたのだ。所詮は芸能界だ。光と闇は表裏一体となっている。

だが、その巨費を投じた『ユーラシア・エンタテイメントX』が暗礁《あんしょう》に乗り上げてしまった。三華物産は、まだこのプロジェクトから降りることを決断していないが、ロシアが戦争から手を引かない限り、進めようもない。

当面は中国とだけ進めることになる。ロシアは日本国内におけるサポートにしか動けないのが現状だ。だが、ヤバい女を攫う一助にはなった。

工作員に代わってロシアマフィアが動いてくれる。

「王ルートが潰されたけど、拉致した連中の今後の密出国のルートはどうなるの？」

夕子が訊いてきた。

王ルートは、中古車の部品と一緒にいったんウラジオストックに運び、そこから上海にいれるというやり方だった。

これまでは、日本にとって常に仮想敵として目を光らせる相手は、中国と北朝鮮であってロシアではなかった。二月にウクライナに侵攻するまでは、ロシアは中国、北朝鮮などよりはるかに西欧化した国家と考えられていたのだ。少なくとも一般的には日本人はそう思っていたはずだ。

「深澤さんと協議する。俺が持っている華僑《かきよう》ルートは他にもたくさんある」

「私も、そろそろ清水谷多香子は辞めたいんだけど。どこかで戸籍ロンダリングしてくれないかしら」

確かに夕子はすでに危険だった。

「手っ取り早いのは、フィリピンだ。新しい名前とパスポートを早急に用意させる。来週にでも発《た》てよ」

全世界に取引先がある。それが総合商社だ。そして取引先は表社会ばかりとは限らない。裏もある。

「ＯＫ！　いまから洋服の詰め込みするわ」

夕子が電話を切った。

プールエリアに他の客がやってきた。

秋元は、いったんロッカールームに戻り、水着からトレーニングウエアに着替えた。

王ルートが潰された後始末について、考えがまとまるまで、会社には出たくなかった。

社では『ユーラシア・エンタテイメントX』に関するシミュレーション業務が山積しているのだ。あらゆる可能性を上層部に提示しなくてはならない。そんな表向きの業務よりも裏仕事の始末を先にせねばなるまい。

夕子にも言っていないことがある。

王に運ばせていたのは、密出国者だけではない。やばい産業廃棄物をひそかに、ロシアや中国に横流ししていたのだ。

例えば、中央官庁が処分を依頼したノート型パソコンだ。極秘データの詰まったハードディスクが残ったままの状態で業者は受け取り、ディスクは粉砕し、本体は中古品として再利用されることになる。

引き受けているのは厳格な審査を通過した登録企業ばかりだ。

だが、どこにでも、金に困った奴はいる。女に弱い奴もいる。そんな連中から集めた商品をロシアマフィアやチャイナマフィアに横流しするのも、秋元の個人ビジネスだった。

スクラップ車のトランクに隠しているノートパソコンやタブレットは、本日中に運び出したい。

知っているのは、深澤と正宗だけだ。

——さてと、誰をいかせるか、だ。

トレーニングウエアに着替えた秋元はベンチプレスに向かった。重いバーベルを上げ下げしている間に、妙案が浮かぶというものだ。

秋元はトレーニングベンチに仰向けになり、まずは二十キロのバーベルを上げ下げしていた。左右十キロずつの車輪型の錘《おもり》がついたものだ。

——やはり、スクラップヤードが半グレに襲撃されるというのがいいか。

そんな思いに辿りついた時だった。頭上にあった三十キロと五十キロのバーベルが崩れ落ちてきた。手にしていた二十キロのバーベルを下げたタイミングだったので、よけようがなかった。

「うっ」

首に左右合計百キロの輪をつけたバーが食い込んだ。足をばたつかせられたのは、五秒ほどだった。

仰向けのまま眼を見開いていた秋元が最後に見たのは、がっしりとした体格の白人の顔だった。そいつはバーベルを除《の》けてくれるのではなく、ただ笑っているだけだった。

2

堀川美奈は暴対課課長から、自宅で静養をするように申し渡されていた。

実際、かなりな打撲傷を負っていたが、任務に支障があるというほどのものではない。

つまり事実上の謹慎《きんしん》である。

当然の処置だ。

自分が実力以上の事をしようとしなければ、黒須路子は死なずにすんだのだ。

そうあの時、自分が木村の背中に頭突きなどという無茶をしたばかりに、逆に取り押さえられてしまったのだ。

潜入あるいは特殊任務につく刑事にとって、最も重要なことは、感情のコントロールであろう。それを忘れた代償はあまりに大きかった。

せっかく特殊詐欺の掛け子という組織の中枢に近いところまで、辿りつきながら、初日から野々村と親しくなってしまったのも、美奈の脇の甘さである。

森田から、

『たとえ探りを入れるつもりでも、自分なら初日から誰かと一緒に帰ったりしない』
と一喝された。
組織に監視されているに決まっているからだ。結果的にそのことが、即座に拉致される
ことに繋がってしまった。
『センスなさすぎ』
とまで言われた。
まったくその通りだが、マルボウも潜入刑事も望んでいた任務ではない。そもそも自分
は警視庁音楽隊のサキソフォン奏者なのだ。
黒須の死亡記事は、昨日新聞に載っていた。
【黒須路子さん（くろす・みちこ）＝イベント企画会社『プリンシパル』代表取締役、青
海のスクラップヤード火災現場で死亡、三十四歳。中国人貿易商と反社会的グループの抗
争に巻き込まれた模様。黒須氏は、近年は芸能イベントだけではなく、選挙のプロデュー
スも手がけていた】
顔写真はない短い記事だった。
打撲で負った怪我よりも、心の傷のほうが大きかった。
軽い鬱病《うつびょう》だ。

『プリンシパル』が別名『黒須機関』と呼ばれる、警視庁の非公然外局機関を運営していたのは、事件後、奈良林から聞かされた。

正規の捜査では手が出せないような相手や組織を叩くために、違法捜査を承知で潜入、抹殺《まっさつ》処理をする機関であるようだ。もちろんそんなことは、警視庁は公《おおやけ》に認めてはいない。あくまで闇舞台だ。

映画やドラマのような『仕置き人』部隊が、現代の警察社会にもあると知り、美奈は余計にショックを受けた。

音楽隊という警視庁のもっとも表層的な部門から、組織犯罪対策部《マルボウ》の情報収集係というもっとも闇の部門に転属させられ、心身のバランスを失ってしまったようでもある。

美奈は久しぶりに杉並《すぎなみ》の実家へ戻った。

実家は中央線荻窪《おぎくぼ》駅から歩いて十五分ほどの位置にある木造二階家だ。昭和の中ごろに祖父が建てたもので、父が十年前にリフォームしている。音大生の一人娘のために防音の部屋を作ってくれたのだ。

美奈が生れ育った家だ。

日曜日ということもあり父も母も家にいた。ふたりそろって選挙の投票に行ってきたそうだ。美奈は警視庁の独身寮がある選挙区ですでに期日前投票を済ませている。

父母共に投票先は言わなかった。家族であっても思想信条が別々だったりする。この国ではその自由が保証されている。

「サックスのほうはどうだ？」

リビングで設計図を眺めていた父の山夫が聞いてきた。

「相変わらず未熟だよ。なんていうかまろやかで大きく包み込むような音には程遠い」

美奈は自嘲的に言った。およそプロ器楽奏者で自分の腕を自慢する者は少ない。職業としてこの道に入ると、上には上がいるものだと、つくづく思い知らされるからだ。

「不思議なもんだな、同じ楽器でも、使う人によってまったく違う音色になる。生楽器ならば当然だが、俺が作る電子楽器でも大きく違う」

電子楽器の開発技術者である父が言う。父は楽器製造メーカーに勤務しており、数々の電子ピアノの開発にかかわってきている。

「不思議ね。やっぱり指の微妙なタッチって、十人《じゅうにん》十色《といろ》なのかしら」

「そういうことだろうな。いま電子サックスの進化系を開発中なんだが、これは吹き込む息でも変わることになる」

「へぇ〜。なんだったら、朝顔《ラッパ》から花火でも出たら面白いのにね」

美奈は冗談を言った。

「そんなのは簡単にできる。特定のメロディを吹くと、くす玉みたいにポーンと花吹雪が飛び出す仕組みなんて造作もない」

　父が笑った。

　そんな楽器があったら、宴会で受けそうだ。音楽隊のショーアップにもなる。造ってみて欲しいと、相談をしようとしたところでスマホが震えた。

　液晶を見ると暴対課の奈良林からだった。

「おうっ、富沢部長が話したいそうだ。俺と森田も一緒だ。どのぐらいで桜田門に来られる」

「あっ、いま荻窪の実家なので桜田門までは一時間ほどかかりますが」

「わかった。一七〇〇《イチナナマルマル》に十二階の小会議室へ集合だ」

「はいっ」

　美奈はすぐに立ち上がった。

「お父さん、ごめんなさい。ちょっと役所に呼び出されちゃった」

「日曜日なのに大変だな。じゃあ身体に気をつけてな」

「ねぇ、花火の出るサックスって、いいアイデアだと思わない？」

　美奈は玄関に向かいながら、そんなことを言ってみた。

「試作ぐらいはしてみるよ。うちの会社じゃ製品化は無理だが、玩具メーカーなら喜びそうだ」

「あら、もう帰っちゃうの。晩ご飯一緒にできると思っていたのに」

台所から出てきた母は残念そうな顔だ。

「ごめん、ごめん、来週にでもゆっくり来るわ」

玄関で急いでスニーカーを履き、家を飛び出した。処分が下ると思うと一刻でも早く聞きたかった。

午後五時、十分前。

ホンシャ十二階の小会議室に入った。すでに森田が居り、五分ほど遅れて奈良林が入室してきた。三人並んで座る。

誰も口をきかなかった。盗聴されている可能性を否定できないからだ。

「お待たせした」

五時ちょうどに扉が開き富沢誠一が入ってきた。長机を挟んで対座する。

「実は諸君らが捜査していた特殊詐欺と、黒須機関が内偵していた深澤満男の闇資金が繋がっていたことがわかった」

「どういうことでしょう？」

　奈良林が身を乗り出した。

「森田君も堀川君も、実にいい鉱脈に接触してくれたということだ。キミらが接触した秋元直樹と愛人、町村《まちむら》夕子が騙し取った金は政界へと流れていたようだ」

「町村夕子？　清水谷多香子ではないんですか？」

　美奈は確認した。

「いや、女医と名乗った女は別人だ。秋元直樹の愛人の看護師が、女医のプロフィールに成りすましたわけだ。ターゲットの情報の集め方や電話の演出方法、出し子の経路などのプランはすべて秋元が考案し夕子が実行役になった。女医だと騙《かた》れば、セレブに接近しやすいし、一定の威厳も持つ。ＯＬの独身女たちが彼女に従ったのも、女医と名乗ったからさ。医学的知識を持った看護師にそんな役を授けたのも秋元だ」

　すっかり騙された。

「秋元は政界工作資金を捻出するために特殊詐欺グループを組織したということですか」

　森田が訊いた。

　富沢は頷いた。

「その通りだ。商社マンとして海外利権に絡みたいという野心もあっただろうが、実際には、釣り込まれていたようだ」

「釣り込まれていたとは？」

「政治家とオーナー経営者のほうが一枚も二枚も上手《うわて》だったということだ」

「その政治家とは？」

美奈が訊いた。

「ここでは言えない」

富沢は周囲を見回した。組対部長をもってしてもこの部屋の盗聴を疑っているのだ。じっと美奈の眼を覗き込んでくる。値踏みするような眼だ。

十秒ほど、気まずい沈黙が続いた。

「堀川君、黒須に線香をあげてくれないか。まずは堀川君だけに頼みたい」

富沢の眼が稲妻のように光った。

「もちろんです」

「まだ警察病院の霊安室だ。それでもいいか？」

「はい」

「だったら、今すぐ行ってくれ。担当医が目撃した堀川に訊きたいことがあるそうだ。そっちのふたりには別な相談がある」

それだけ言うと、富沢は美奈に早く行くように目配せした。

なんとなく追い出される感じで、美奈は席を立った。だが部長の言葉は、灰になる前の黒須にきちんと詫《わ》びろと言っているようでもあった。

3

中年の職員に霊安室に通された。貸し金庫室のような場所をイメージしていたがそうではなかった。

個室だった。六畳ぐらいの部屋に大きな冷凍庫があった。大型冷蔵庫が寝ているようなものだ。その前に、白い布を被った台があり、香炉《こうろ》と線香、着火器、それに御鈴《おりん》が置かれていた。

「黒須路子警視殿のご遺体です。訳あって一体だけの安置になっています。すぐに担当医がくるので、焼香後ここで待機してください」

職員が退室していった。公表されていないが、二階級特進ということだ。

訳あって？　どういうことだろう。死因に不審な点があるということか？

美奈はまず安置されている冷凍庫に向かい、敬礼した。腰を十五度に曲げ、顔を突き出すようにして敬礼する。これが警察官の正式な敬礼だ。

合掌し、線香に火をつけた。最後に御鈴を鳴らし、黙禱《もくとう》をした。

――悔《く》やんでも悔やみきれません。黒須先輩を殉職に追いやった上に、先輩がせっかく追い詰めた事案を、白紙にしてしまいました。お詫びのしようもありません。

涙が溢れてきた。

この世で、ほんのわずかな時間を共に過ごしたに過ぎない。けれども、この人は、自分のために必死に闘ってくれた。

美奈は鼻を啜《すす》って、ただ頭《こうべ》を垂れた。

すっと扉が開いた。

「頼むよ、二代目！」

低い女の声がした。

「えっ？」

扉のほうを向くと顔面を白いフェイスマスクから眼だけを出した女が車椅子でやってきた。マスクが柄ものであれば、まるで女覆面レスラー。あるいは、横溝正史《よこみぞせいし》原作の映画『犬神家の一族』の佐清《すけきよ》のようでもある。美奈は見ただけで背筋が凍った。バスローブのようなガウンを纏っているが、袖や裾から出ている腕や足には、包帯がまかれていた。

「あの？」

まさかとは思うが、おそるおそる、前かがみになって声をかけた。

「私だよ。黒須路子」

「あっ、はいっ、わっ」

驚き、安置されているはずの冷凍庫を振り向き、何度も見比べた。

「そこには、アイスクリームやチンするグラタンをいくつも入れてもらっている」

黒須の声に間違いなかった。江角《えすみ》マキコに似た低い声だ。

「あっ、はい、あの、はぃ」

嬉し過ぎてそれ以上の言葉が出なかった。泣きそうになってくる。

「あいかわらず、あっ、はいっ、ばっかし……うぅう、笑うと皮膚が痛い」

「いや、ホントによかったです。私のために、も、申し訳ありませんでした」

美奈は深々と頭を下げた。けれども、殉職したという警視庁の扱いはどういうことだ？

「でも死んだことにしてもらったのよ。ちょっとね、黒須路子は、闇社会でも有名になりすぎちゃって仕事もしづらくなった。いい機会だから、自分をリフォームしようと思うの」

実に明るく言っている。

「はぁ？」

ぽかんと口を開けてしまった。

「あのね、戸籍も顔もリフォーム。なあに諜報界ではよくあることよ。特に専制国家ではね。何度国外退去になっても新しいパスポートで顔も変えて、またこの国にやってくる。そういうやつらと戦うには、こっちも同じ手を使わないとね」

なんだか、イアン・フレミングか、トム・クランシーの小説みたいな感じになってきたぞ。

「あっ、はい……でもその二代目っていうのは？」

美奈は掠れた声をあげた。なんとも嫌な予感がする。

「私が、富沢部長に申し入れたんだよ。あんたを二代目悪女刑事にするべきだと」

マスクの間から見える眼が、凄んだ。マスクをつけているので、全体の表情はわからない。とにかく怖い。

「意味がわかりません……私、悪女でもないですし、プロレスでいえばヒールっていうタイプじゃないと思いますし……」

震える声で答えた。実際、肩がぶるぶる震えている。

「いいなぁ、そのキャラ。なんか抜けているっていうか、天然ボケっていうか……私とは正反対の雰囲気が、相手を騙せるのよね。私にはそれが足りなかった」

黒須が車椅子の車輪を回して、ぐっと接近してきた。

「あんたさ、イヤって言える立場じゃないでしょう」

さらに凄まれた。本当に怖い。

「でも、私は違法捜査、そのものがいいことだとは思っていません。日本は法治国家じゃないですか」

本音を吐いた。

「偉い、その通り！　でもさ、近所の国が核爆弾を射ち込んで来たらどうする？」

黒須が膝を叩いて、顔を顰めた。膝も火傷か打撲しているのだろう。

「えっ、警察官の職務からは飛躍しすぎています」

「そんなことはないよ。警察が護らなくて誰が護るのよ。悪を叩けるのは、悪なのよ。あんたがその顔で、悪人になり切れたら、鬼に金棒。闘える」

「ど、どうやってですか……」

「音楽隊に正式に戻って。今回のドジで、マルボウは務まらないというレッテルを貼りつける」

不名誉な話だが、それは当然の処分だ。

美奈は首肯した。

「私が外部機関で『プリンシパル』を隠れ蓑にしたように、あんたは、警視庁音楽隊の隊員だということにすればいい。まさか音楽隊員が、マルボウや公安《ハム》みたいな捜査をするとは、誰も思わない」

「はい、できるわけないですから……」

「だから、よ」

　黒須に手を握られた。

「たとえばね、あなたは、いずれ香港映画界に送り込まれることになっていたんじゃない？」

　黒須が車椅子から見上げるようにして言ってきた。

「そう聞かされました」

「それって、スパイの養成なのよ」

「えっ？」

「彼らは特殊詐欺を単に金儲けの組織としてだけ活用していたわけじゃない。スパイのスカウト機関でもあったというわけ。おそらくは、チャイナロビーである深澤と正宗が絵を描いて、秋元が実行部隊を組織しているのよ」

　霊安室という場所柄もあるが、背筋が凍る話だった。

「なんとなく理解できるんですが、核心がわかりません」

特殊詐欺でもっとも重要なのは演出と演技であるのは、実際に体験してわかった。だが、それがどうしてスパイのスカウトになるのか。

「ミュージシャンや役者の卵って、お金に困っているわよね」

「はい、私もそういう役柄でした」

「都会にひとりで暮らしているよね」

「ええ」

「お金と夢で釣って、上海か香港の映画会社に連れ出して、思想教育をするのに好都合だと思わない？」

「えっ？」

「スパイっていうのは技術だけじゃない。忠誠心が最も重要になる」

「洗脳されちゃうんですか」

「そういうこと。洗脳されたうえで、芸能人として名声を得られるように育成されるの。そしてその立場で諜報、工作活動に協力させられる。芸能人っていうだけで、入れないところに入れたり、一般人では会うことがかなわないような各界の大物とも交流できるわね。そこで、さまざまな工作を命じられる。具体的には、ハニートラップや、資金洗浄の片棒。そして大事なことは、芸能人はその存在自体が、インフルエンサーね。そこに政治が絡むと、大衆に対する印象操作がしやすくなる」
「あっ、はいっ……あっ、これ同意の『はい』です。確かに、テレビのコメンテーターが一斉にマスクは外しましょうと言ったら、民意はそっちに向くかもしれません」
美奈は答えた。特に日本人ほど『みんなと一緒が好き』な国民はいない。
ネットでこんなジョークを見たことがある。
大衆を行動させたいとき、こう言えばいいのだ。
アメリカ人には『いまあっちに行けばヒーローだ』
イタリア人には『あっちに美女がいる』
フランス人には『決してあっちには行かないでください』
ドイツ人には『規則ですからあそこに移動してください』
日本人には『みなさんもうあっちにいますよ』
的を射ていると思う。
「マスクの有無も扇動されたら怖いけど、それより一斉に有名人がロシアは悪くないって言ったら、大変なことにならない？」
「なります」

「その力が芸能人にはあるのよ。芸能界そのものにもね。半年前、俳優兼歌手の沢田幸雄《さわださちお》が半グレに拉致られたけど、いまは香港の映画会社にいるわね。スパイ教育されて、日本に逆輸入するみたい。ルーレットレコードがね」

ルーレットレコード……富沢が言ったオーナー経営者とはその創業者として有名な正宗勝男であろうか。

「政界とは具体的には……」

美奈は訊いた。

「聞いたら、あんた二代目を引き受ける？」

「うわ〜」

霊安室に似合わない素っ頓狂《すっとんきょう》な声をあげてしまった。もっとも、誰も安置されていないのだから、問題ない。即答しようがない。

「深澤満男！　ほら、聞いたでしょ。聞いたからには、深澤と正宗の闇処理、あんたよね、あんた！」

クールビューティを絵に描いたような黒須路子だが、こんな子供っぽいフリ方をするのかと、美奈は啞然となった。

「いやいやいや……そんなむりやり無茶ぶりされても……」

闇処理なんてこと自体が、自分には向かない任務だ。

「で具体的な戦略だけど……来月の人道支援音楽フェス。あの場所にふたりが揃うはず。そこで特別軍事作戦……」

こちらが気持ちの整理もできていないのに、黒須路子は、作戦を滔々《とうとう》と語り始めた。

ほとんど無茶な作戦だった。白いマスクを被った黒須の顔が、ロシアの大統領のように見えた。

「その作戦、ちょっと無理がありませんか」

聞き終えて、美奈はたじろいだ。

「だって、あんたサックス吹きでしょう」

「いや、そうですけど……」

「ぶちかましちゃいなよ」

黒須に煽られた。

美奈の頭に、父親が開発中の電子楽器の設計図が浮かんだ。

――いや、無理だと思う。

そう胸底で呟きながら、敬礼をして、霊安室を出た。

4

黒須路子は、病室に引き上げてきた。貴賓室だ。六十平方メートルはあり、ベッドはクイーンサイズで、応接セットまでついている。ベッドの正面に見える壁掛けテレビは七十インチで、CSチャンネルも各種受信可能になっている。

ここに滞在している間にショップチャンネルでバンバン買い物をしてしまいそうで、怖かった。

窓際に移動した。

黄昏の街並みが見える。

電動車椅子は、ことのほか楽だった。小回りもきくし、速度も想像以上にある。それでも、自分が婆さんになるころには、ES細胞が一般化していて、車椅子の世話になることはないのではないか。

本格的な婆さんになるまで、まだ五十年はある。それまで医学も化学も進歩し続けるだろう。やはり人は百まで生きるのがふつうになるのだろうか。

とすれば、三十年単位で、モデルチェンジするのも悪くない。そう、本当にリフォームのようなものだ。美容整形の医師には、好きなモデルの顔を伝えたが、すでに富沢からモデルの顔写真を渡されているそうだ。いまより美形なのは間違いないという。

——わくわくするじゃん。

などと胸を弾ませていたら、扉がノックされた。返事をすると、組織犯罪対策部部長の富沢誠一が入ってきた。

「戸籍が出来た」

マニラ封筒をサイドテーブルに置きながら言っている。

「まだ、顔が出来ていないんだけど」

「完全に完成するまでには二か月かかる。ここで性格変更もしといてくれよ。資料だ」

富沢はあくまでも事務的だ。

「ちょっと、クール過ぎませんかね、部長。部下が死に損なったんですよ。もうすこし、いたわるとか、思いやるとか、そういう態度はとれないんですか」

路子はマニラ封筒から資料を取り出しながら口を尖らせた。

「ふん。芝居に付き合わせておいてよく言うよ」

富沢は勝手に冷蔵庫を開け、よく冷えた瓶ビールを取り出している。イタリアンビール

『モレッティ』だ。通販で買いこんでいた。

「いやぁ、部長、泣きのシーン最高だったわ。私、ウインクしたのに、笑わなかったし」

「ばか言え、笑いそうになったから、大声でお前の名を呼んで、号泣してみせたんだ。おかしくて涙が本当に溢れ出た。お前ぜんぜん元気だったし」

富沢は、栓を抜き、モレッティをグラスに注いでいる。ラベルのイタリア人の鼻と富沢の鼻は似ている。

青海のヤードは実に大演技だった。

かねがね黒須路子の死に場所、死に方を模索していた。それで、いいタイミングがあったらやるからと富沢には伝えていた。

富沢も黒須の幕引きには賛同していたのだ。

堀川美奈に伝えた通り、闇社会に顔が売れすぎたのは事実だ。極道やマフィアばかりならいいのだが、マフィアに混じった、各国の諜報員にも面が割れはじめていたので、リセットの必要性に迫られていたわけだ。

今回も日本橋で早々にロシアの工作員にバレていたようだ。諜報界でも中露はきっちり連携しているようで、それが王にも伝わってしまった。

三華物産の秋元直樹は、案の定、あの翌日に怪死している。スポーツジムでバーベルが落ちて来たのは事故ではないはずだ。王がヤードでやられた報復にロシア側が手を貸したに違いない。

事の発端は、秋元が黒須に追尾されたからだ。すべてがばれた。裏を返せば、もはや黒須路子では潜伏は不可能だった。

爆発を起こし、あちこちでタイヤが燃える光景は、まさに演劇的だった。実のところ、火傷は顔と腕の一部だ。打撲は確かにかなり負っているが、これは再生可能だ。

救急隊員が来たときは呼吸を一時的に止めた。黒煙による一酸化炭素中毒を装った。あとは富沢が東京消防庁と警察病院に手を打った。

『見事な殉職』というストーリーがでっち上げられたわけだ。

顔は本気で直すつもりだ。

資料にある女性は、架空の人物だがバックストーリーはきちんと整えられている。明治時代からの家系も存在している完璧さだ。

両親は存命中。貿易商でロンドンにいることになっている。つまりこのふたりも諜報員ということだ。弟もいる。大阪の食品メーカー勤務だ。これもなんらかの工作にかかわっているのだろう。要するにすでにその家族は、存在しておりキャストが時々代わるのだ。

「私、アフリカで日本語教師だったんですね」

「そうだ。似た顔のキャストがやっていた」

「その方の現在は？」

「伝染病にかかってナイロビの病院に隔離されている。そこでチェンジだ」

「そういうことですね。で、その女性は？」

「別な任務で澳門《マカオ》から平壌《ピョンヤン》に入る」

富沢は平然とビールを飲んでいる。

「冷蔵庫にフランクフルトのパッケージとザワークラウトの瓶詰がありますよ」

「ありがとう。いただくよ」

富沢が冷蔵庫を開ける。さらにモレッティをもう一本取り出している。

そこで、再びノックがあった。

「誰？」

路子は身構えた。中露工作機関は平気で警察病院にも刺客を送り込んでくる。

「心配ない。俺が呼んだ」

富沢が、どうぞと返事をした。

「失礼します」

入ってきたのは落合正信だ。

「当選のご挨拶に」

選挙で日に焼けた顔は、真っ黒だ。

「おめでとうございます。民自党は新人でふたり入りましたね」

「えぇ、黒須さんのおかげです。議員になったので、深澤のような専制国家とつながっている連中の行動をより洗い出すことが出来ます。与党内にも中露のエージェントが相当数いることはもうわかっていますから」

落合は淡々と語っている。

「ということは、落合さん……」

路子は富沢の顔を見た。

「永田町と霞が関は化かし合いの町だよ。もちろん桜田門も霞が関の中に入るんだがね。落合先生は東日新聞時代から、警察庁御用達の外部扇動者だよ。ジャーナリストなんかじゃない。こちらの印象操作に一役買ってもらっていた。左派ジャーナリズムと世論の均衡を図るためには、そういう手段も必要なんだ」

警察の論理だ。まぁ、そこをつつくと、自分の立ち位置もはっきりしなくなる。刑事はあくまでも国家の手先である。

「なんだ、同業者じゃん」

軽く流した。

「すみません。さすがに、この五年ほど、政権側に寄りすぎた記事ばかりを書いていたので、上層部が鬱陶しく感じ始めたんです。政治部からはずされそうだという情報をくれたのは、警察庁のほうで、それで今度は議場で働けと」

「それ公安の仕掛けですね」

路子は笑った。国会議事堂内に警察力が及ばない事があらわしているように、国会議員の捜査ほど難しいことはない。警察庁ＯＢが政界に転出するのは、第一義としては警察庁からの陳情、法改正への発議があるが、一方で内部から政治の実態を観察するという意味もある。

「特に、自分の場合は、深澤のようなグローバル主義を標榜し実は中露の日本国内利権を拡大している一派の洗い出しですよ」

「お願いします。深澤と正宗の謀略は何とか潰しますが、その利権を引き継ぐ政治家が必ず現れますから」

富沢が答えた。すでに警察庁長官にでもなったような口ぶりだ。

「深澤は潰れるんですか」

落合が訊いてきた。

「ええ、まもなく」

路子は窓に視線を移した。

美奈ならやってくれそうだ。

5

「正宗、いまのままでは、金が足りなくなる。秋元に代わる資金調達システムはいつできるんだ？」

深澤満男は、不快そうに、葉巻を揉み消している。

ルーレットレコードの正宗としては、機嫌をとるのも、ほとほと疲れてきている今日この頃だ。

すぐ隣の宴会場では、今回の参議院選挙で初当選した元女優の最上愛彩の祝勝会が催されていた。

ここは宴会場脇の小さな会議室。結婚披露宴の際は親族控え室として使うのだそうだ。

「いやいや、そう簡単にはいきませんよ。末端の受け子や出し子を集めるのとはわけが違いますよ」

正宗は首を振った。

「そっちには、役者が揃っているだろう。それをうまく使えんのか」

深澤は眉間に皺を寄せ、苛立ちからか、足を何度も組み替えている。

「先生、何言っているんですか。うちに所属している芸能人は、すべて表舞台で活躍させるための役者たちですよ。それを回すことなんかできるわけないじゃないですか」

正宗は唾棄《だき》するように言った。

政治家は、芸能界の者を一段も二段も低く見がちだ。まったくもって腹が立つ。だが、正宗としても深澤の政治力に頼らねば、世界進出の野望は難しい。

それももう一息というところまで来ている。

正宗が関わってきた芸能界のタニマチ的存在である半グレ集団や中国・ロシアのマフィアの数人が、老獪《ろうかい》な政治家である深澤が繋がっていた中露の諜報員と同一人物であった。

このことがお互いの関係を深くしてくれているのだ。

深澤の息のかかった中露の工作員たちが、ルーレットレコードの世界進出の道筋をつけてくれている。表立った工作は三華物産の秋元が交渉してくれていたが、裏では中露企業の工作員が動いてくれている。その組織を動かせるのは、現時点では深澤だけなのだ。

中露企業が手を貸そうとしているのは、簡単な理由だ。

アイドル、あるいはスーパースターは宗教の教祖的な要素があり、狂信的なファンを、政治的に扇動していくことも可能だからだ。

ウクライナの大統領は元芸能人。

その扇動力とメディア対策の見事さをまざまざと見せつけられたロシアと中国は、そのカウンター措置を取ろうとしている。

それも、ルーレットレコードの世界進出の道筋づくりに、大きな力を貸してくれている理由だ。いずれユーラシアでもルーレットレコードの地固めが済めば、その時は、深澤はいらない。中露の工作機関とダイレクトに手を組めばいいのだ。

第二次世界大戦後の日本の芸能界では、多くの芸能関係者がＣＩＡと組み、印象操作に協力している。

今度は自分がユーロとアジアのユーラシア大陸で、新たな大国のイメージ戦略に貢献してやる。それでぼろ儲けできるのであれば、ためらいはない。正宗はその時期が来るまで、深澤の尊大な態度には耐えることにしている。

深澤は保守政治家だが、イデオロギーを超えた利権屋だ。

自分が生きている間に、この国が社会主義化するなど思ってもいない。中国企業は単にリベートが大きい取引相手だとしているのだ。

自由主義国家の資本家である正宗から見ると、深澤が手引きしている中国企業はいずれも危険な香りがぷんぷんとするところばかりだ。

とくに、電気・ガス・水道といった公共事業そのものや関連産業へのかの国の参入促進は、いずれこの国の首を締めることになろう。独占した後に、彼らが価格コントロールをしてくるのは火を見るよりあきらかだ。東欧諸国がロシアにガスを依存していたのが、ひとたび関係悪化となれば、供給を止められることになる。ましてや相手は中国だ。

それらのことはすべて承知で、正宗は深澤の資金づくりに協力している。自分ももはや売国奴である。

『わしゃ、そのころまで生きとらん。生存競争に勝ち残れなかった国内企業が悪い。努力不足だわな』

それが深澤の口癖だ。聞いて呆れる。内情を政治的に探って、中国企業に伝えているのは深澤なのだ。

呆れた売国奴だ。

とはいえ、その深澤の中国企業への内通をサポートしているのは、正宗自身でもある。ライバル会社の社員や監督官庁の役人をマトにかけ、傘下の枕営業専用プロダクションのタレントたちに、ハニートラップを仕掛けさせては、半グレに脅させるという古典的な手法を用いている。

酒と女に弱い男が大半だ。女のキャリアなら、男をぶつける。LGBTにもそれぞれ同じ性癖の者を充てる。芸能界にはその手の人材は豊富で、裏情報もバンバン入ってくる。

代わりに深澤には、様々な影響力をルーレットレコードと自分のために行使してもらっている。

当初は、新興勢力だった自分を芸能界の黒い有力者たちから守ってもらい、抱えるタレントのクスリ、レイプ事件などを揉み消してもらった。

業界内で実力をつけた今は、ルーレットレコードの世界進出の後押しをしてもらっている。北米、英国という音楽のメインマーケットはすでに飽和化しているので、いっそのこと航空路でいうところの南廻りを画策した。

東南アジアから中東を経て東欧へと進出するやり方だ。日本のアイドルがすでに浸透しているということもあった。南廻りでもありかつての海のシルクロードでもある。

それが中国の経済戦略『一帯一路』と合致していると、香港のエンタテインメント会社との提携を持ち掛けてきたのが、深澤だった。

一も二もなく乗った。

中露と組んで、ユーラシア大陸の各国に日本と同じアイドルシステムを作り上げる。地球上最も巨大な大陸ユーラシアは、そもそもユーロとアジアを合体させた造語だ。

つまりそれはアジアからユーロまで飲み込むアイドルマーケットを作り上げるということだ。

北米を超えるエンタテインメント事業を起こすことができるのだから、正宗は夢中になった。当然、ユーラシアの各国の闇社会も乗り出してくる。

このカウンター措置となるのが中露の工作員たちだった。

なんのことはない、香港のエンタテインメント会社は、芸能人の着ぐるみを着せたスパイの養成所だった。

それも了解し、正宗は深澤と組んだ。元をただせば自分もクラブにたむろする不良のひとりだ。国がどうなろうと知ったことではない。いずれはドバイ辺りに本社を移すのもいいだろう。

「とにかく金がいるんだ。最上愛彩は楽勝のはずだったのに、あの女が落合なんかを推すから、防戦で余計に金がかかった」

深澤が再び葉巻に火をつけた。苛立っているときの癖で、ハバナ産の葉巻に火をつけて吸っては、すぐに揉み消すという行為を繰り返している。

「黒須路子のことは『プリンシパル』を設立した段階で、爆弾テロにでも遭わせるべきでした。去年、うちのレコード会社に潜り込んでいたあの女とは、まったく認識していなかった。それに関しては謝ります。彼女の顔を直接知るスタッフが全員消えてしまっていたもので……」

正宗は唇を嚙んだ。去年、ルーレットレコードに潜入し、深澤との関係を探っていた女だ。正宗が仕掛けたゴルフ場でのコンサートをめちゃくちゃにした女だ。てっきり関西系のライバルレコード会社からの刺客かと思っていたが、さにあらず。潜入刑事であった。

気が付いてくれたのはロシアの諜報員だった。きっかけは選挙だった。

「落合正信なんて、最上愛彩をぶつけたら、絶対に落ちると思ったのに、選挙戦術があまりにも巧みなんで焦って調べると、あの女だった。黒須路子が市中潜伏刑事だったと気づいたのは、秋元直樹を見張っていたロシアマフィアだ。マフィアって言っても工作員だがね。秋元を見張らせておいてよかったぜ」

深澤が正宗を睨みつけてきた。ロシアマフィアたちが攫ってくれなかったら、秋元と王のラインから深澤の裏工作や自分の犯罪協力が露見するところであった。

「それに関しては申し訳なかったと思っています。結果的に、こちらの手下も相当、失うことになりましたが、とりあえずあの女だけは潰せた。逃がした刑事は、よく知りませんが雑魚《ざこ》のようです。潜入刑事なんてレベルではなかったと。たぶん、偶然、網にかかってしまっただけでしょう。看護師の夕子はもうマニラで始末しましたので、どんな女かははっきりしませんが」

「そのおかげで、王のルートが潰されちまった。人や車だけじゃなく、裏金も運び出せなくなったじゃねぇか。今回は乗せてなかったからいいが、危なくバレるところだった」

深澤の語調が、雑になった。

裏金とは特殊詐欺で稼いだ金のことだ。一般的に詐欺利益は、隠し場所に困る。貯蓄もできなければ、不動産や高級車などの登記商品を購入することもできない。

現金を隠し持つしかないのだ。

半端な半グレに足がつくのは、詐取した金で六本木の高級キャバクラなどで、大っぴらに使ってしまうからだ。それで国税に目を付けられることが多々あるのだ。

深澤と正宗は現金を中古車の輸出に紛らせ、ロシアに送っていた。戦争による経済制裁で、国際金融システムから外れたロシアはむしろ穴だった。しかもロシア―中国間では金は動く。深澤の裏献金は、そのルートで流れていたわけだ。元よりマフィアや工作員のルートだ。現金運搬のセキュリティは万全だった。

金が露見しなかっただけでも幸いだった。深澤のいら立ちの最大の原因は、モスクワのマフィアが金に困って動けないでいることだった。チャイナのほうも、ゼロコロナ政策やロシアへの裏援助で、マフィアの動きが止まっている。

それは勢いルーレットレコードのユーラシア進出の足かせともなっているのだ。

「看護師がいなくなったので、輸出の抜け道やミンザイの仕入れができません。特殊詐欺は、暫く停止です。俺がいったん私財から出しましょう」

正宗は、腹をくくった。五億程度なら、どうにでもなる。

「いや、それはだめだ。お前の裏口座やスタジオに隠している金なんか、国税はすべて見抜いている。動くのを待っているようなもんだ。そこには手を出すな。裏金は裏でしかつくっちゃなんねぇ」

深澤の眼がぎょろりと動く。永田町の寝業師と呼ばれるだけあって、用心深い。しかも、自分の金がそこまで見張られているとは、初めて聞かされた。

スタジオの防音材に札束が使われているとは、誰も知らないはずだった。

「わかりました。それでは、反戦フェスの寄付金を横流ししましょう」

正宗が答えた。いわば迂回に使うのだ。

「いくらになる？」

「スポンサー三十社からの協賛寄付がトータルで二億。当日は六万人ほどが入りますが、チケットは六千円です。ぎりぎり抑えた価格ですよ。三億六千万円。出演者は全員、ノーギャラです。これは、うちではなく『ジャパン・ユーラシア芸術協会』に入りますね」

「うむ」

深澤は首肯した。

「実際の運営はルーレットがやりますが、支払いは結構です。ハコやスタッフ、設営費はすべてうちで立て替え払いします。取りはぐれたということでいいじゃないですか。持ちこたえる体力はありますよ」

元より趣旨に賛同してもらったということで、通常の半値以下でスタッフも道具も集めている。正宗の持ち出しはたかが知れている。

つまりこれならば、正当な支払いということだ。協会を迂回してルーレットが支払うということだ。特殊詐欺を再開すれば、いくらでも回収できる金額である。

「協会は一年後ぐらいに解散させてしまえばいいということだな」

「はい、私共は、告発などせず、泣き寝入りしますよ」

正宗はにやりと笑った。一年以上支払いを待つことなど、芸能界ではざらにあることだ。

「よしっ！」

深澤が、笑顔で立ち上がり、宴会場のほうへと戻っていった。

6

八月八日。午後七時。

「ちょうど一年前のこの日、ここで東京オリンピックの閉会式が行われました。あのとき、ロシアがウクライナを侵攻すると想像出来たでしょうか。もし出来ていたとしたら、あなたはCIAですね」

軽い笑いを取りながら国会議員の深澤満男は上機嫌で演説をしていた。

新国立競技場のバックヤードにある大会議室。

ウクライナへの人道支援のために開催される『ブルー&イエローミュージックフェスティバル』の開演前のセレモニーだ。

参加するミュージシャン、スタッフ、支援団体の関係者たちが一堂に会している。

「本来ならば、平和に音楽を聴き、映画を見ていた人々が、銃弾や砲弾にさらされているんです。私は『ジャパン・ユーラシア芸術協会』の会長として、ウクライナへの人道支援、復興への経済援助をおこなうために、このフェスティバルの開催を呼びかけました」

握りしめた拳を突き上げた。拍手が沸き上がると、感極まったように涙まで浮かべている。政治家は役者以上に、演技がうまい。

美奈は最後列でサックスのハードケースを携えたまま、演説を聞いていた。今夜はいつものアルトではなくソプラノサックスを持参していた。それも電子サックスだ。アルトサックスよりも、武器として使いやすいからだ。

――この大嘘つきめが。

美奈のほうが拳を握りしめ、あの男の顎を打ち砕きたかった。もちろんそんな力はない。警察官ではあるが、武道はからっきしだめである。あるのはリズム感ぐらいだ。今夜はそのリズム感だけを武器にする。

チャンスは一瞬しかないはずだ。

それも一気にふたりをやらねばならない。その瞬間を想像しただけで、膝が震えてきそうだった。

美奈は手に提げているソプラノサックスのハードケースのグリップを強く握りしめた。

父の堀川山夫が美奈のために特別に作ってくれた電子ソプラノサックスだった。

『しかし、お前どんな余興をやるんだよ。火薬なんて使う花火は無茶だが、水を飛ばすぐらいなら、簡単にできたがね』

昨夜、荻窪の実家に戻るとギリギリのスケジュールで完成させた電子ソプラノサックスを手に、父は訝しげに、顔を歪めた。

『赤と緑の水を出すのよ。交通マナー啓蒙のためのイベントで、信号を模したデモンストレーションに使おうと思ってね』

ごまかした。実際に入れる液体は違う。

『今は普通の水が入っている。オクターブキーを押しながらA（ラ）を押さえると、ベルから霧吹きのように水が出る。床をあんまり濡らすんじゃないぞ。軽く吹け』

やってみる。シャワーのように出た。ベリーグッドだ。

『それとクラクションの音は出るようにしてくれた？』

それも父に頼んでいたことだ。

『あぁ、オクターブキーを押して、F（ファ）を押さえたら、クラクションの音になる』

美奈は吹いてみた。派手なクラクションの音が出た。キッチンにいた母の葉子が血相を変えて飛んできて、うるさいと怒鳴った。叱られて当然の音量だった。実際に車のクラクションの音を、家のリビングで聞かされたら卒倒する。それでも美奈は注文をつけた。

『うーん。でもこれもっと大きな音にならないかな。っていうのは、野外の、しかもとんでもなく広い公園みたいなところでも吹くの。だから、実際の車のクラクションなんかよりも、遥かに大きな音じゃないといけないの。うまく言えないけれど、騒音レベル。前のほうの人なら、耳を押さえてしゃがみこむぐらいの音。新幹線の警笛レベルっていうか』

『なるほどな。これでも百デシベルはあるんだが。ちょっと待て。内蔵アンプとスピーカーの容量を変えてくる』

父はすぐに電子ソプラノサックスを抱えて、自分の部屋に向かった。実験室のような部屋だ。

三十分ほどで戻ってきた。バージョンアップしたと思われるソプラノサックスと遮音ヘッドフォン三個を抱えていた。

『百八十デシベルまで上げた。おいっ、ちょっと待て、すぐに吹くな」

父は遮音ヘッドホンを母に渡した。

『お前もつけたほうがいいぞ』

と父自身も、ヘッドホンを装着しながら、残ったヘッドフォンを指差している。

『そしたら、私は確認できないじゃない』

『二秒ぐらにしておけよ』

父はがっちり装着した。

オクターブキーを押したままFを押し、ふっと息を吹き込んだ。

【ファ〜!】

その音を聞いたとたんに卒倒しそうになった。百八十デシベルは、殺人的な音量であった。

『あぁ、死ぬかと思った。でもこれならどんな大きな野外会場でも、最後列まで届きそう』

美奈は納得した。

『それはもう楽器じゃない。ある種の武器だ。戦場でも使えるかもしれん』

遮音ヘッドホンを外した父が、間違って爆弾を作ってしまった科学者のような顔をした。

そう、このソプラノサックスは武器なのだ。

深澤の演説は続いていた。

「アーティストのみなさん、本当にノーギャラで参集していただき、ありがとうございます。アーティストさんたちだけではありません。手弁当で力を貸してくれた大道具さん、音響さん、照明さん、その他すべてのスタッフのみなさん、感謝です。政治家として頭が下がります。本当にありがとうございます」

深澤はそこで、いきなり土下座《どげざ》してみせた。ルーレットレコードの正宗が駆け寄り、その背中を起こそうとしている。とんだ田舎《いなか》芝居だ。

「まったくのノンペイメントでこれだけのアーティストとスタッフを集めたってわけか。チケット代とスポンサーの賛助金は丸丸『ジャパン・ユーラシア芸術協会』に入るってことだよな」

インカムを通じて相棒《バディ》の森田の声が入る。バックダンサーとして参加する森田は、リハーサル室で、ほかのダンサーたちとフリの最終確認をしているはずだ。そこにも深澤の演説がモニター中継されているようだ。

これこそ特殊詐欺の極めつきだ。

ジャパン・ユーラシア芸術協会は、一般社団法人となっているが、実際の運営はルーレットレコードと香港のドラゴンブラザーズという映画会社が行っている。

元手が無料で、チケット代は六千円だ。

新国立競技場のキャパはスタンドだけで六万八千人。会場費や最低限の費用は発生するが、それでも協賛金も含めて今夜一晩で、ざっと五億円近い金が転がり込む勘定だ。

凄いポッポナイナイだ。

ポッポナイナイ——黒須の姉さんが業界用語として教えてくれた。

幼児用語の隠すにあたる言葉が転じて横領をさしているそうだ。裏金。つまみ金という意味もある。

ここに集まったミュージシャンたちはすべて善意でプレイするというのに、集まった金はウクライナのためにはほとんど使われない。香港と上海の映画会社の日本進出資金になるだけだ。それと深澤の政治資金。

『生かしてはおけないっしょ』

包帯に巻かれた顔の中央で黒須の姉さんの眼が笑っていた。

――けれど、それやるの私でしょ。姉さん。

本音で言えば、サックスを抱えてここから逃げだしたい気分だ。こんなミッションはそもそも発令されていないのだから、誰も責めはしないだろう。

――警視庁なんて辞めちゃってもいいじゃん。

そうも思う。

「さぁ、みなさん、思う存分パフォーマンスしてください。皆さんの歌が踊りが、世界を救います」

深澤が演壇を降りた。司会者が、三十分後に開演する旨を伝えて、セレモニーは散会となった。

それぞれが楽屋に戻っていく。

美奈は最上愛彩のバックバンドに潜り込んでいた。黒須がジャッキー事務所を通じてうまくセットアップしてくれたのだ。

全部で四曲やる。

最上愛彩は参議院議員に当選したばかりだが、今夜は女優として参加しているのだ。アイドルユニット時代の作品は一曲にとどめ、洋楽ナンバーを披露することになっている。

それも外国人客を意識した選曲だ。

そして深澤と正宗も彼女のステージには参加することになっていた。美奈の狙いはそこだ。参加ミュージシャンは総勢二十組。アイドルからロック界のレジェンドまで、スーパースターたちがそろっている。

この人たちの善意を、深澤と正宗、それに中国マフィアがポッポナイナイしてしまうのだ。

——許せない。

やはり逃げ出すわけにはいかないのだ。

7

午後七時。

『ブルー&イエローミュージックフェスティバル』がスタートした。スターターはアイドルユニットの二連発。

ルーレットの『青山通り36』とジャッキー事務所の『東洋《とうよう》ボンバーズ』が同時にステージに上がり、双方の持ち歌を入れ替えて歌い始めた。

観客は一瞬呆気にとられ、次の瞬間熱狂した。

総合演出の正宗が仕掛けた最初のトリックだった。

一曲目で火が付くと、次々と大きな爆発に繋がっていくのがライブショーの醍醐《だいご》味《み》だ。

これは警視庁音楽隊のステージでも同じだった。

続いてヒップホップ系のユニットが上がる。ダンスで観客を煽っていく戦法のようだった。女性ヒップホップユニット『ロボットガール』のバックに森田が入っていた。セクシーだった。

美奈は出番が近づいてきた最上愛彩とともに通路に出て待機した。

イヤモニから森田の声が聞こえてきた。

『ふたりは、上手《かみて》の袖にいる。ルーレットの接待要員の女性タレントが深澤を囲んでいる。やたらと身体を密着させているのは警備の要素もあるのだろう。正宗というのは相当頭がいいな。そっちの準備は？』

踊り終えたばかりなので、声は途切れ途切れだ。

『サキソフォンはもうセットしてあるよ。だけどタイミングがリンクするかな』

それがこの作戦の一番、難しいところだ。

『大丈夫だ。ジャッキー事務所の東洋ボンバーズの佐々木洋《ささきよう》と三木流星《みきりゅうせい》も協力してくれるんだろう』

「そういうことになっているけど」

美奈は答えた。すべては黒須の姉さんが仕掛けている。

いよいよ最上愛彩の出番がやってきた。アテンド担当の係員がやってきて誘導してくれる。暗い通路を懐中電灯に足元を照らされて進んだ。

上手袖に上がる。

上手、下手《しもて》は舞台用語だ。観客席からステージを見て右側が上手。左側が下手となる。左右と呼んだ場合、舞台上にいる者と客席側にいる者とでは、真逆になり混乱するので、劇場ではこの呼び方になるのだ。日本中どこの劇場に行っても上、下の位置は変わらない。袖は、舞台上の客席から見えない部分を表す。

袖で待機となった。

ひとつ前の女性シンガーソングライターが、アコースティックギターを抱えて切々と歌っていた。たったひとりでも本気になれば世界はかえられる、そんな内容の歌だ。

「公演が終わったら、わしの部屋に来るかね？」

深澤がミニスカートの女の尻を撫でながら言っていた。

「センセの部屋なら喜んで」

女も尻を振りながらこたえている。

「よしよし、なら、最上先生とのデュエットに行ってくる」

深澤が正宗と一緒に、最上愛彩のほうへ向かった。美奈もバックミュージシャンとしてゆっくりついていく。

「三曲目に出るんだっけな。有権者には大型スクリーンで俺の顔がアップになるんだよな」

深澤が最上と正宗に確認している。観客ではなくて有権者と呼ぶところがいかにも政治家らしい。

「そうです。サビまでの歌詞は口を動かしてくれるだけでいいんです。深澤先生に声質音域に似たプロに歌わせた音源を流しますから、それらしく動かすだけでいいです。曲は映画『ボディガード』のテーマソングだったので、最上愛彩を護ると、国を護るとをかけています」

正宗が説明した。通称『口パク』というやつだ。プロ歌手でも、ステージではよく口パクしているらしい。動き回って歌っては呼吸が乱れるからだ。

「で、サビで俺たちは消えるんだよな」

「そうです。スモークの中で、僕と先生はアイドルと入れ替わります」

「なるほどな。俺は戦場に行くわけだ」

「そういうことです。バックスクリーンに深澤先生が、ウクライナの空から舞い降りるCG映像を用意していますから。スモークで隠れている間に、僕たちが立っている部分のステージの板《ストリップ》が下がります。それで奈落《ならく》に消えるわけです」

「OKベイビーだ」

すべては正宗が考案したプランだが、この内容は、共演者を提供するジャッキー事務所のマネジャーを通じて黒須姉さんには筒抜けだった。

女性シンガーソングライターのステージが終了した。

さていよいよ出番だ。

ドラム、ベース、ギター、キーボード、女性コーラス三人とともに、サックスの美奈もステージに進んだ。

バンドチェンジのあいだは映像が流れている。砲撃を受ける前の美しいウクライナの街並みと瓦礫《がれき》の山となった街の映像が交互に流されていた。

立ち位置を探しているとヘルメットを被った大道具係に手招きされた。白いテープでしるしをつけてくれている。通称バミリだ。

サックスの位置はほぼステージ中央。歌う最上愛彩の真後ろだ。リハーサルで動きは確認してある。

「棺桶は二体分用意してあるぜ」

バミリながら、道具係が黄色のヘルメットの庇《ひさし》を少し上げた。奈良林だった。ハゲにヘルメットはよく似合う。

「私は吹くだけ、後はお任せします」

美奈はサックスの口を湿らせながら言った。電子楽器なのでリードはついていない。いかにもブルートゥースでも聞けるというふうに、首にヘッドフォンをつけていた。実際は遮音ヘッドフォンだ。

「あいよ。眠らせてくれたらそれいいんだ。あとはこっちが運ぶ」

奈良林がひっこんだ。ステージ下に降りたはずだ。奈落の底だ。

照明が消えて暗転となる。ざわついていた客席が鎮まり返った。

キーボードのイントロが鳴る。

最上愛彩の一曲目はジョン・レノンの『イマジン』だ。最上愛彩がゆっくり歌いだす。

アイドル時代から歌唱力には定評があった愛彩だ。名曲をきちんと自分のものにして歌っている。少し掠《かす》れた声が持ち味になっていた。

美奈は愛彩の歌に合いの手を入れるように吹いた。オブリガートだ。歌声とサックスでデュエットしている感じで楽しい。

二曲目は『マイ・ハート・ウィル・ゴー・オン』。セリーヌ・ディオンの代表曲だ。ステージ上に雲海のようなスモークが流れ出す。

堂々とした歌いっぷりに、美奈も乗った。正直、伴奏がこれほど楽しいものだとは思っていなかった。

そしてラストナンバー。

『オールウェイズ・ラヴ・ユー』。

いやはや、たいした曲を持ってきたものだ。並大抵の歌唱力ではこの曲は歌いこなせない。ホイットニー・ヒューストン最大のヒット曲だ。

キーボードのイントロに続いて、愛彩はふわっと入った。うまい。ふわっと入ることが大事な曲だ。

そして、抑えて抑えて歌っている。最初のワンコーラスは、声を張り上げたい気持ちを、ぐっと堪《こら》えて、囁《ささや》くように歌う。この難しいフレーズを愛彩は、丁寧に、しかも自分のものにして歌っていた。

美奈はじっとしていた。間奏までは出番がない。観衆も聞き惚れている。

いきなり男の声が交じった。音源の音だ。

上手から深澤満男。

下手から正宗勝男。

ふたりが登場してくる。

正宗の声も音源だ。さすがはレコード会社の会長だ。そんなことは朝飯前だろう。

ふたりが愛彩の左右に立つ。三人で歌いながら、ステージ中央からまず下手に向かう。歌はまだ抑え気味だが、バッキングは次第にボリュームを上げていく。そして上手へ。

雲海のスモークに加えて、背後から滝のようなスモークが降りてくる。そしてブルーとイエローのライトがスモークに当たる。

ここだけずば抜けた演出になっているようだ。

「みなさん、このフェスを企画した深澤議員と正宗プロデューサーに拍手を」

愛彩が煽《あお》る。

まるでファッションショーのデザイナー登場のような演出だ。当然、拍手喝采となった。出演しているアーティストよりもはるかに格上のように映る。美奈はいかがなものかと思った。

同時に間奏に入る。

美奈は奔放に吹きまくった。ここはアドリブだ。

そして再び愛彩の歌に戻る。三人はステージ中央にならぶ。ふたりは歌わずにエスコートに徹している。スモークが入道雲のように膨らみ三人を覆い隠す。

美奈はその雲の中に進んだ。愛彩に囁きかける。

「あなたは前に出て。舞台監督の指示。ここはやっぱあなたの姿が見えなきゃ、観客が納得しない」

愛彩が美奈の顔を見て頷いた。眼が『そうよね』と言っている。

愛彩がスモークの雲海の中から出た。観客は熱狂している。スモークの中にいるのは、深澤と正宗だけだ。消えるタイミングを待っている。ステージが下降するのを待っている。

右手を上げた。観客にはその手だけが見えているのではないか。

それを合図に出すドラムがドンとなる。

転調だ。

愛彩が声を張り上げた。この曲、最大の山場『♪エンダー〜』の部分だ。

ステージフロントから巨大な炎が二本上がる。

観客はこの炎に見惚れているはずだ。

美奈はオクターブキーとAを同時に押した。噴き出したのは催眠液だ。催涙効果もある。

力強く吹いた。まずは深澤の横顔に霧吹きのように掛ける。

「あうっ」

深澤は阿波《あわ》踊りのような恰好になった。

愛彩は歌い続けていた。背後の様子は見ていない。

「深澤先生、何、本気で泣いているんですか。ここは大型ビジョンにも映っていないですよ。もうじき落ちます。気を付けて」

正宗が首を傾げている。その正宗の顔にもオクターブAの音を押し、噴霧する。

「なに？」

振り向きざまに顔を歪め、ステージに尻を落とした。もがいている。ブレイクダンスをしているみたいだ。

美奈はとどめとばかりにふたりにどんどん催眠液を掛ける。たちまち、ふたりは倒れ動かなくなった。これで暴れられずに済む。ふたりともこの世で最後に見た風景が雲海のようなスモークというのは、悪党にしては幸せだろう。

ふたりの立っているステージ板がリフトとなって下降する。

美奈は胸底で叫び、後方へと飛びのいた。

──奈落へ沈め！

奈落の底で奈良林と森田が機材用の黒いハードケースを広げて待っている。中には生コンクリートが流されているはずだ。

ふたりが共に、一丁上がり！　とばかりサムズアップして蓋を閉めた。そのまま機材車でどこかの海に運ばれるらしい。

美奈はそこから先は聞かされていない。知らなくていいのだそうだ。

深澤と正宗に代わってアイドル二人がリフトに乗って上昇してくる。男性アイドルの東洋ボンバーズのふたりだ。にやりと笑って、ステージへと飛び出していく。

美奈はすっとスモークの外に出た。

闇処理完了！　もう知らない。私、関係ない。

男女混合ユニットになったところで、観客は沸きに沸いた。愛彩のアイドル時代のヒットナンバーに変わる。

美奈は静かに上手袖に引っ込んだ。

その肩をいきなり摑まれた。

「おいっ、お前は、六本木の地下倉庫にいた……」

白人のでかい男が顔を覗き込んできた。黒須の姉さんを引っ立ててきたグレゴリーという男だ。やはりバレた。グレゴリーに手招きされて、日本人らしき男もふたり近づいてきた。

そのふたりがヤバすぎた。

江古田の詐欺マンションで出会った指示係早川義明と弁護士役の草野純一だった。

「ちっ。こいつ生きていたのか」

すぐに半グレや白人たちも寄ってくる。舞台袖には闇社会のワルたちがこぞっていたようだ。女もずいぶんいた。中露の工作員に六本木の半グレ、そんな連中だ。

反戦フェスを隠れ蓑に、めったにできない合同ミーティングでもしていたのだろう。

狙いは今夜限りの発売である反戦フェスグッズの売上代金ではないだろうか。こればかりは現金販売となっている。

せこい深澤はそれまでも回収させようとしていたのだろう。

これも巡り合わせだ。

一網打尽《いちもうだじん》にしてやる！　護身用にと思っていた武器がもうひとつある。

「先生と社長はどこにいるんだ。こいつは、香港に連れていくよりもすぐにばらしてしまったほうがいいだろう」

早川が言っている。

「とりあえず、六本木の地下室だ」

グレゴリーに腕を摑まれた。

五十人ほどの悪党どもに囲まれて、美奈は駐車場へと続く通路を歩かされた。コンクリート臭い通路だった。ただし反響は良さそうだ。

この連中の容疑名は奈良林と森田がどうにでもつけてくれるだろう。

音楽隊の役目は、楽器を奏でることだけだ。

「ちょっと待ってください。素直に従いますから、このサックスだけはあずかってくれませんか」

早川に伝えた。

「わかった」

手を伸ばしてくる。

「ひと吹きだけしていいですか？」

「面倒くせぇな。さっさと寄こせよ」

「ひと吹きだけです。それも、自分の耳で聞くだけです。ちょっとヘッドフォンをつけさせてもらいます」

耳に遮音ヘッドフォンを当てる。美奈の中ですべての音が消えた。

音のない風景はなぜかモノクロームに見えた。

五十人の敵たちは、美奈がブルートゥースを通じて音を聞くのだろうと勝手に誤解して、無防備に雑談していた。

次の瞬間、美奈は電子ソプラノサックスを咥え、オクターブキーとFのボタンを同時に押した。

そのうえで盛大に吹く。電子楽器でも吹きこみでボリュームは変わる。最大級の息を吹き込んだ。

【ファ～、ファ～】

百八十デシベルのクラクションが鳴り響いた。

美奈にとっては無音世界の目の前で、悪党どもが苦痛に顔を歪めくずれ落ちた。集団で踊っているような光景だ。ヤクザとスパイのコラボダンスだ。

悪事を働いてきた男や女の悶絶する顔は、ひどく醜くかった。

美奈はゆっくりヘッドフォンを外した。

悪党たちは全員気絶している。

組対部《マルボウ》も公安部《ハム》も大喜びしそうな連中が、文字通りゴロゴロしていた。

遠くから警備員が駆けてくる音がした。あとは任せよう。

美奈はサックスを抱えたまま、駐車場へと飛び出した。夜空には星が輝いている。

早く、警視庁十七階の大合奏室に帰ろう。

私は巨悪と闘うよりも、音楽で都民を幸福な気分にさせてあげる方が似合っている。

美奈は外苑西通りを青山に向けて颯爽と駆け出した。

本作品はフィクションであり、実在の個人・団体などとは一切関係がありません。

悪女のライセンス

一〇〇字書評

切り取り線

購買動機（新聞、雑誌名を記入するか、あるいは○をつけてください）	
□（　　　　　　　）の広告を見て	
□（　　　　　　　）の書評を見て	
□ 知人のすすめで	□ タイトルに惹かれて
□ カバーが良かったから	□ 内容が面白そうだから
□ 好きな作家だから	□ 好きな分野の本だから

・最近、最も感銘を受けた作品名をお書き下さい

・あなたのお好きな作家名をお書き下さい

・その他、ご要望がありましたらお書き下さい

住所	〒				
氏名		職業		年齢	
Eメール	※携帯には配信できません		新刊情報等のメール配信を 希望する・しない		

この本の感想を、編集部までお寄せいただけたらありがたく存じます。今後の企画の参考にさせていただきます。Eメールでも結構です。

いただいた「一〇〇字書評」は、新聞・雑誌等に紹介させていただくことがあります。その場合はお礼として特製図書カードを差し上げます。

前ページの原稿用紙に書評をお書きの上、切り取り、左記までお送り下さい。宛先の住所は不要です。

なお、ご記入いただいたお名前、ご住所等は、書評紹介の事前了解、謝礼のお届けのためだけに利用し、そのほかの目的のために利用することはありません。

〒一〇一‐八七〇一
祥伝社文庫編集長　清水寿明
電話　〇三（三二六五）二〇八〇

祥伝社ホームページの「ブックレビュー」からも、書き込めます。
www.shodensha.co.jp/bookreview

祥伝社文庫

悪女《あくじょ》のライセンス　警視庁音楽隊《けいしちょうおんがくたい》・堀川美奈《ほりかわみな》

令和 4 年 7 月 20 日　初版第 1 刷発行

著　者　沢里裕二《さわさとゆうじ》
発行者　辻　浩明
発行所　祥伝社《しょうでんしゃ》
東京都千代田区神田神保町 3-3
〒101-8701
電話　03（3265）2081（販売部）
電話　03（3265）2080（編集部）
電話　03（3265）3622（業務部）
www.shodensha.co.jp
印刷所　堀内印刷
製本所　積信堂
カバーフォーマットデザイン　芥 陽子

Printed in Japan ©2022, Yuji Sawasato ISBN978-4-396-34824-3 C0193

〈祥伝社文庫　今月の新刊〉

東川篤哉
伊勢佐木町《いせざきちよう》探偵ブルース
しがない探偵とインテリ刑事。やたら現場で鉢合わせる義兄弟コンビが、難事件に挑む!?

乾　緑郎
彼女をそこから出してはいけない
老夫婦の惨殺現場で保護された少女。やがて彼女の周辺の人々に、次々と異変が起き……。

香納諒一
新宿花園裏交番《しんじゆくはなぞのうら》　坂下《さかした》巡査
盗難事件の容疑者が死体で発見される。元球児坂下は現場で恩師と再会し、捜査は急展開！

梓　林太郎
木曽川　哀しみの殺人連鎖
旅行作家・茶屋次郎の事件簿
老舗デパートの高級時計盗難からはじまる連続殺人。茶屋が追うと別事件の逃亡者の影が？

沢里裕二
悪女のライセンス
警視庁音楽隊・堀川美奈
罪なき人を毒牙にかける特殊詐欺！　黒幕に迫るべく「サックス奏者」美奈が潜入捜査！

小杉健治
約束の月（上）　風烈廻り与力・青柳剣一郎
将軍家が絡むお家騒動に翻弄される若い男女と、彼らを見守る剣一郎。しかし、刺客の手が。

小杉健治
約束の月（下）　風烈廻り与力・青柳剣一郎
女との仕合わせをとれば父を裏切ることに。運命に悩む若者を救うため剣一郎が立ち上がる！